illustration RIKA ISAKI

「昔から女みたいってよく言われた。関さんはこんな俺の顔、嫌いじゃない？」

「どちらかと言うと好きだな。いや、とても好きなのかもしれない」

馬鹿正直な答えは、歯の浮くような褒め言葉よりもずっと本当だとわかるから安心する。

迷い恋
Hesitation love

水原とほる
TOHLU MIZUHARA presents

t. Mizuhara 2010 Aug.

KAIOHSHA ガッシュ文庫

イラスト★いさき李果

CONTENTS

★本作品の内容はすべてフィクションです。
実在の人物・地名・団体・事件などとは一切関係ありません。

◆◆

高校卒業の日を待ちわびて東京に出てきたのは、大きな街に行けば新しい人生が開けると思っていたからだ。地方の田舎町での十八年間に別れを告げて、祐二《ゆうじ》は家族を捨て、故郷を捨て、東京に向かう電車に飛び乗った。

スポーツバッグにはわずかな着替えと東京案内の雑誌と地図。ポケットには郵便局から全額下ろしてきた貯金が十三万円ほど。不況とはいっても、仕事を選びさえしなければ働く場所はすぐに見つかるだろう。最初は住み込みでいい。そのうち、金が貯まったら自分の部屋を借りて暮らそう。

賑やかな街でどんな人に出会うだろう。どんな運命が自分を待っているだろう。きっと辛いことも苦しいこともあると思う。それでも、生まれた町にいるよりはずっといい。祐二にとっては家族と過ごしてきた時間よりも、これから出会うであろう見知らぬ人への思いのほうがずっと強い。

母親は優しい人だったけれど、気が弱く利口でもなく、いつだって再婚した夫の言いなりだった。祐二が中学一年のときに家にやってきた義父とは、最初から折り合いがよくなかった。ちょうど反抗期だった祐二の態度も悪かったかもしれない。だが、二言目には祐二に対して「こんな奴はろくなもんにならない」と吐き捨てるような男だった。

ときには殴られたりもしたけれど、不幸中の幸いだったのは、その暴力がエスカレートする前に、義父は祐二を無視するようになったことだ。それに、祐二も中学になっていたので、友達の家や先輩のアパートなど逃げ込む場所があった。それでずいぶんと救われてもいたし、そんな友達の後押しもあって半ば家出のような東京行きを決心することができたのだ。

『祐二はさ、女の子みたいに可愛い顔をしてるから、きっとスカウトとかされてモデルとかアイドルになれるんじゃないか』

母親に似た顔は色白だし、体も華奢《きゃしゃ》だったので、よく女の子に間違われていた。切れ長の目とちょっと尖った唇が特徴的で、地元の仲間にもからかい半分によくアイドル顔だと言われた。

けれど、べつに有名になりたいわけじゃない。祐二はただ自分の居場所がほしかったのだ。自分を必要としてくれる人がいて、自分が生まれてきて間違いじゃなかったと思えるだけでいい。

きっと自分にそう思わせてくれる人がいるはず。そして、自分がここにいてもいいんだと思える場所がどこかにあるはずだ。

そんな思いを胸に秘めて東京にやってきた十八の祐二を、大都会は四月の桜吹雪で迎えてくれたのだった。

＊＊＊＊＊＊＊

夢を見る期間がどのくらい短いものか教えられたのは、東京にきてからわずか数週間後のことだった。

最初の仕事は住み込みができるという理由だけで、パチンコ屋の店員になった。おもしろくもない仕事で給料は安く、意地の悪い先輩はいるし、二言目には「田舎者だから」と馬鹿にされた。

半年後にはさっさと夜の商売に入って、クラブのバーテン見習いになった。そこのホステスが姉のように祐二のことを可愛がってくれたが、彼女にはヤクザ者の男がいた。そうとは知らずに居心地のいい彼女の部屋に入り浸っていたら、男に見つかって死ぬほど殴られた。

都会が本当に怖いところだと感じたのは、そのときだったと思う。その後、かなり慎重に行動するようになったものの、一度足を突っ込んだ夜の世界からは抜けられなかった。数ヶ月はホストクラブ、また数ヶ月はゲイバーでと店を転々としながらもどうにか暮らしていたが、楽しいことなど何一つなかった。

ただ、田舎と違って毎日がめまぐるしく過ぎていくので、細かいことを考えたり、昨日を後悔したりしている暇はない。祐二はまるで東京という巨大な蟻地獄《ありじごく》に呑み込まれていくように、ズルズルと足元を引きずられ、どこともわからない場所へと落ちていく。

タレント事務所にスカウトされたかと思えば、契約金という名目で懸命《けんめい》に貯めた数十万を奪われたこともある。また、雑誌のモデルの仕事と聞いて行けば、ゲイ雑誌のグラビア撮影だったこともある。

高卒だし、とりえも特技もない。顔だって、田舎では「きれい」だの「可愛い」だのとおだてられてきたが、都会では目立つほどでもない。周囲を見れば、驚くほど魅力的で年齢も若く、おまけに育ちもいい、神に選ばれたかのような少年がいくらでもいるのだ。

結局、自分みたいな人間は、田舎にいようと都会にいようと、変わることなく駄目なのだと思い知らされた。だが、容姿や生まれ育ちなど二の次で、問題は別にある。祐二には志《こころざし》がない。都会で何をしたいとか、何になってやるという強い気持ちがないことこそが一番の問題なのだ。

そんな中途半端な人間に、東京はけっして微笑んだりしない。ようやくそれがわかった頃、祐二は一人の男と知り合った。

その日もゲイ雑誌のグラビア撮影だったが、もう金のためなら何をしてもいいという気持ちになっていた。東京に出てきて三年。食事代さえもなかったときは、売りをしたこともある。いろいろなことを諦め、なによりも自分自身に諦めていた。

言われるままに服を脱いで、撮影用に借りた安っぽいマンションのリビングで適当なポーズを取る。こういうときのスタッフには二種類いる。自分もゲイの人間と、そっち方面にはまったく興味はないけれど仕事だからやっているという人間だ。

そのときのカメラマンはゲイだった。彼は祐二のことが気に入ったようで、約束していた時間よりも長く撮影が行われた。ただし、終了後に渡されたギャラにはいくらか色がついていて、ちょっと嬉しかった。

だから、プライベートでの連絡先を聞かれたときも、また撮影に呼んでもらえたらいいというくらいの考えで携帯電話の番号を教えておいた。

そんな彼から連絡がきたのは一週間後だった。食事でもしないかという誘いだったが、東京で友達らしい友達もいないまま暮らしていた祐二は喜んで会いに出かけた。

田邊健介《たなべけんすけ》という彼のフルネームを知ったのも、初めて食事をしたときだった。健介はそのとき三十三歳で、東京の美術大学の写真学科を卒業したあと、五年間はデザイン事務所やフォトスタジオなどで働き、その後雑誌カメラマンのアシスタントを数年務めて、現在は独立してフリーになっていた。

「フリーになったはいいけど、なかなか望むような仕事はなくてさ」

だから、ゲイ雑誌のグラビアの撮影なんかもしていると苦笑混じりに言うが、健介には自分の夢を追い続けている人間の輝きがあった。それは、祐二が二十歳そこそこで見失ったものであり、そんな彼をとても眩しく感じたのだ。

望まれるままに体を許したのは、二度目に食事をしたときだった。過去に売りも経験していた祐二にしてみれば、いまさら男と体の関係を持つことに抵抗などなかった。

それに、以前ホステスといい仲になったとき、彼女の男だったヤクザ者に半殺しの目に遭《あ》わされたこともあり、女性に対してはすっかり腰が引けていたところがあったと思う。

健介は祐二が口で言うほど慣れていないとわかると、男同士のセックスを丁寧に教えてくれた。女性を抱くのとはまるで違う快感がそこにはある。キスをするのではなく、されることの気恥ずかしさ。同性の手で触れられ、擦られる心地よさ。また、金のため見知らぬ男に体を差し出すのとは違い、互いが好意を持って肌を重ねる安堵感は深く大きなものだった。

　祐二は誰にも見せたことのない場所を晒し、痛みをこらえて受け入れたあとの熱さに体を震わせた。そして、健介の腕の中で甘えることの楽しさ、満たされることの喜びを知り、今度こそ自分の性癖をはっきりと理解した。

　実の父親を早くに亡くし、義理の父親との折り合いが悪かった祐二には大人の男の人に甘えたり頼ったりする経験がほとんどなかった。だから、優しい年上の同性には常に憧れの気持ちがあった。

　やがて健介と二度、三度と体を重ねるうちに二人は同棲を始めた。同棲といっても、最初のうちは健介が撮影の仕事の帰りに祐二の狭いアパートに泊まりにくるようになり、そこから仕事に出かけていただけだ。

　三ヶ月くらいはそんな生活が続いていたが、祐二は自分を思い愛してくれる人といる時間に満足していたし、東京に出てきてよかったと思える日々だった。

　ところが、しばらくして健介は今の仕事を辞めて、アジアで自分の気持ちの赴くままに写真を撮りたいと言い出した。貯めてきた金で機材を充実させ、ベトナムまでの航空券も購入してきた。そして、自分の部屋も解約して、出発の日まで祐二の部屋に寝泊りすることになったのだ。

「二、三ヶ月ぐらいだから。納得のいく写真が撮れたら、ちゃんと祐二のところに戻ってくるよ」

健介はそう言って狭いベッドで祐二の体を抱き締めた。いい写真をいっぱい撮ってきたら、出版社やいろいろなメディア関係の企業に売れて、健介も一流カメラマンの仲間入りができるのだと思っていた。

夢のない祐二だから、せめて恋人の夢を見守ってあげたい。一人で日本に残されるのは寂しいけれど、辛抱しなければと彼を笑顔で見送った。

帰ってきたらまた一緒に暮らせる。健介が有名なカメラマンになったら、広いマンションに移り住もうと言われた。そして、祐二は健介のアシスタントとして働けばいいとも言ってくれた。彼が旅立った日から、健介との新たな生活が祐二の夢になった。

だが、健介が帰ってきたのは半年後のことだった。彼の帰国までコンビニの店員やクラブのバーテンなどをして暮らしていた祐二だが、やっと恋人と会えると思うと一人の寂しさも吹き飛ぶ思いだった。

なのに、祐二のアパートの部屋に戻ってきた健介は以前の溌剌《はつらつ》さは微塵《みじん》もなく、身も心も疲れきった男になっていた。旅先で何があったのかたずねても、まともな答えは返ってこない。

言葉も文化も違うアジア諸国を渡り歩き、苦しいことも厳しい現実もあったと思う。それでも、いい写真をたくさん撮ってきてくれたならと思ったが、健介が持って帰ってきたネガはごくわずかだった。そして、それさえも大事に抱えてきたというより、たまたま鞄に入っていたから持って帰ってきただけだと言う。

いったい、健介は旅先で何を経験してきたのだろう。海外など出たこともない祐二には想像もできなかったが、帰国してからの彼は腑抜《ふぬ》けのように何もしないで毎日をぼんやりと過ごしている。

案じて体調や仕事のことを訊くと、機嫌を損ねて口をきかなくなる。それでも、祐二はそばに健介がいてくれるのが嬉しかった。狭い部屋でゴロゴロとして何もせず、生活の面倒は全部自分がみなくてはならなくても、いずれは彼がもとどおりカメラマンとして仕事をしてくれると信じていた。

今はただ海外で思ったように写真が撮れなくて、気を落としているだけだ。こんなときこそ、恋人の自分が支えになってあげなくてはいけない。それに、祐二が仕事から帰ってくると健介はキスしてくれるし、以前のように抱いてくれる。

一度人肌の温もりを覚えてしまうと、一人になるのが怖い。この半年の間、寂しさに震えていた祐二だから、やっと戻ってきてくれた健介を失いたくはなかった。

けれど、健介はいつまでもカメラを手にせず、たまに仕事に出かけても以前より安っぽい仕事を引き受けてくる。いい加減な写真を撮ってわずかな金をもらい、それで酒を飲んで帰ってくると、愚痴《ぐち》をこぼしながら祐二を抱く。

「俺なんか、全然駄目なんだよ。地獄のような現場に、カメラ抱えて突っ込んでいくような連中を山のように見てきた。奴らみたいになれないってわかったよ。結局は、マスのおかずにしかならないような安っぽいエロ写真でも撮ってんのが似合ってんだよ。チクショー、もっと若い頃に世界に出てりゃな……」

「そんなことないよ。これからだってチャンスはあるよ。それに、健介の写真、きれいだし俺は好きだよ」

「おまえに褒められてもしょうがないんだよ」

そんなふうに吐き捨てられると悲しくなる。と同時に、彼を元気にしてやれない自分が情けなくもなる。せっかく好きな人に出会って、自分の居場所が見つかったと思ったのに、なんだか健介との生活が日々苦しくなっていく。

それは気持ちのうえばかりのことではない。健介は愚痴をこぼしては酒に溺れる日が増え、滅多《めった》に仕事にもいかず、酔っては祐二に八つ当たりして手を出すようになっていた。

最初は平手で頬を打たれたり、髪を引っ張られたりするくらいだった。

それが、拳で殴られ、蹲《うずくま》ったところを蹴られ、そのうち首を絞められたりもするようになった。そのたびに祐二はもうこれ以上健介とは一緒に暮らせないと思い、彼を部屋から追い出そうとした。だが、酔いから醒めれば彼はまた優しくなる。

祐二が泣いて怒り出ていってくれと叫ぶと、態度をあらためるから、おまえのことが好きだからと甘い言葉を口にする。何度も何度も騙されて同じことを繰り返し、いつしかひどく不毛な関係になっていた。

最近では探偵事務所に雇われて浮気の現場に張り込み、証拠写真を撮っていくばくかの金を得ている健介。もちろん、祐二の部屋に居座ったままで、相変わらず己の人生に毒を吐き続けている。日々の暴力もまったくおさまっていない。むしろ、以前よりひどくなっている気もするが、祐二のほうももう疲れてしまって、心も体もそんな悲惨《ひさん》な状態に麻痺《まひ》していた。

(最低の人生だ……)

ときおり、仕事帰りの夜空を見上げて呟く。もしかしたら、祐二のための人生なんてこの世には用意されていなくて、自分は間違えて生まれてきてしまったのかもしれない。

どこにも居場所なんかない。誰も自分なんか必要としてくれない。誰も本気で愛してくれやしない。健介が戻ってきて一年近くが過ぎていた。近頃は泣きたい気持ちになることが多い。それでも、故郷を捨てて逃げるように東京に出てきた祐二には、どこへも行く場所になんてなかった。

「冗談じゃねぇぞ。俺が何をしたってんだっ。おまえも俺のことを馬鹿にしてんだろうがっ」

健介がまた酒に酔って帰ってきた。部屋に入るなりカメラの入ったバッグを投げ出すと、そこに倒れ込み怒鳴り散らす。

とっくに深夜を過ぎていて、近所迷惑になるから静かにと言うと、もっと大声を上げて絡んでくる。こうなると手がつけられない。さっさとベッドに寝かしてしまおうと、祐二は健介の体を支えながら奥の部屋に行く。途中、何度も悪態をつかれてうんざりした。最近は自分の愚痴をこぼすばかりでなく、祐二のことにもあれこれ口出しをしてくるのだ。

「おまえみたいななんの志もない人間が、顔だけでどうにかなる世の中じゃねぇんだよ。二十二にもなってグダグダと生きてんじゃねぇよ」

ひどい言われ方だった。どうせ大きな志なんかないし、最初から夢なんか見ていない。けれど、人生を投げ出して酒に溺れている男にそれを言われる筋合いはないと思った。

祐二は酔った健介をベッドに叩きつけるように寝かせると、そのままジャケットだけを羽織って部屋を出た。ひどく悔しくて、たまらなく孤独で、この部屋にいると自分までが健介のように腐っていきそうな気がしたのだ。

夜の街を彷徨い歩きながら、祐二は自分の滅茶苦茶になった人生を思い返す。東京に出てきてから何かいいことがあっただろうか。健介と出会ったばかりの頃は、やっと大事な人を見つけたと思った。けれど、それもはかない夢のようなものだった。

健介が悪い人間だとは思わない。けれど、彼もまた祐二と同じように弱い男なのだ。都会の厳しさを健介はたびたび口にするけれど、この街にはその厳しさを乗り越えてのし上がっていく人間がいる。スポットライトを浴びるのは、いつだって選ばれた人間であり、限られた人間なのだ。

（べつに、何になりたいわけじゃないもんな……）

悔し紛れにそう呟きながら、夜が明けるまで延々と歩き続けた。気がつけばバイトしている都心のコンビニの近くまできていた。今日は昼からのシフトだから、こんな時間にきてもしょうがない。どこかファストフードの店にでも入って時間を潰そう。

そう思ったとき、自分のジーンズのポケットに手を入れてハッと気がついた。財布を持って出てくるのを忘れた。携帯電話もない。これでは自動販売機で缶コーヒーの一本も買えやしない。

駅前のカフェの中をのぞき込み時刻を見れば、まだ朝の六時。金もない祐二にはどこにも行く場所はない。仕方なく座れる場所と思って近くの公園に向かった。今が五月でよかった。真冬なら寒さでもっと惨《みじ》めな思いを味わっていたに違いない。とはいえ、行くあてもなく公園のベンチに座っている自分は、すぐ向こうで段ボールにくるまって眠っているホームレスとさほど変わらない。

そう思うと、惨めさが込み上げてきて泣きそうになる。けれど、泣いたら負けだ。都会に出てきて辛いことばかりだった祐二が、たった一つ学んだこと。それは、人はどうにもならない力に押し潰されそうになったとき、泣いたらもっと惨めになるということだった。

自分は部屋がないわけじゃない。帰る場所がないわけでもない。たまたま財布を忘れただけだ。そう言い聞かせてベンチで数時間の仮眠を取って目を覚ましてみれば、とっくに日が昇っていた。

それでも、バイトには行くにはまだ時間がある。さっさとバイト先のコンビニに行って電車賃を借りないのは、馬鹿馬鹿しい見栄があるからだ。そして、帰ったところで目覚めた健介と顔を合わせれば、また修羅場《しゅらば》になるだけだとわかっている。

ベンチにぼんやりと座り時間だけが過ぎていく。そのうち、空腹を感じて、祐二は立ち上がりふらふらと街中へと出ていく。通勤の時間も過ぎて、昼前の人の流れと穏やかな街の風景がそこにあった。

それにしても、空腹だし喉も乾いていた。そんな祐二が通りかかった道に小さな画廊《がろう》があり、「臥龍七人展」という書道展のポスターを貼った看板が表に出ていた。

書になんかにまったく興味はない。それでも、ポスターの横に小さく「どなたでもどうぞ」という文字があった。ガラス張りのドアの中をチラリとのぞき込むと、まばらな人影と作品を展示しているスペースの中央に置かれた飲み物と菓子が見えた。

あれも自由に食べていいのなら、バイトに行くまでの空腹と喉の乾きを満たすことができる。そう思って、ギャラリーのドアを押して中に入った。

飾られている書はチラリと見ただけだが、素人の祐二には訳がわからない。崩されて文字が文字とも見えないものの横に「日本書家連盟大賞」という札がついていても、まったく興味すらわかなかった。

それより、中央のテーブルにある菓子やサンドイッチのほうがいい。コーヒーメーカーには出来たてのコーヒーが入っている。

ほとんど客がいないのをいいことにそれらを貪《むさぼ》り喰っていると、奥の部屋からいかにもこういう書展に相応しげで上品そうな中年男性が出てきた。ここのスペースだけでなく、奥にも展示場があるらしい。けれど、書などどうでもいいから、奥まで行く気などさらさらなかった。

その男性はチラリと視線の端に祐二のことをとめたようだが、すぐに周囲の展示物を見て一つ、二つ頷きながらゆっくりとギャラリーの中を歩いている。

おそらく五十過ぎだろう。きちんとしたビジネススーツを着ていて、いかにも近くに勤めていて、昼休みにやってきましたというような雰囲気だ。が、堅苦しい印象はなく、わずかに白いものが混じった豊かな黒髪をきれいに整え、ときおり微かな笑みを浮かべて書に見入っている顔は、まるで二枚目スターが歳を重ねたような渋《しぶ》い印象だ。

あんな墨の文字の何がおもしろいのかわからないが、昼食を食べたあとにだらしなく爪《つま》楊枝《ようじ》を口に銜《くわ》えて店から出てくるサラリーマンよりはずっとスマートには違いなかった。きっと教養もあって、生まれも育ちもいい人なんだろう。

そんな男性客に比べて、祐二はギャラリーにまったくもって招かれざる客だ。ここにあるものは自分のために用意されたものではないとわかっていて、手をつけている惨めさを噛み締めてしまう。

本当はまだ空腹だったけれど、その男性の姿を見ているうちに急にたまらない気持ちになって、ソファから立ち上がった。そして、ギャラリーを出ると、またさっきの公園で時間を潰そうと思って歩き出したときだった。

「あ、あの、ちょっと待ってくれないか」

いきなり背後から声がかかって祐二が振り返ると、さっきの身なりのいい紳士《しんし》がなぜかそこに立っていた。何か落とし物でもして追ってきたのだろうかと思ったが、自分は財布も携帯電話も持っていない手ぶらの状態だった。

ならば、なぜ呼び止められているんだろう。奇妙に思いながら、祐二が首を傾げていると男が遠慮気味にたずねてくる。

「君は書に興味があるんだろうか……？」

最初はどういう意味なのかわからなかった。だが、ちょっと考えてみて、彼が祐二の行動を批判しているのだと思った。書を見る気もなくギャラリーに入って、勝手にそこに用意されていた菓子や飲み物に手をつけていたことを注意しようと思ったのだろう。

さっきまで優しげで雰囲気のいい紳士だと思っていたけれど、とんだ勘違いだったかもしれない。そこで、祐二はすっかり開き直った気分になってしまった。

「何？　書に興味がなかったら見ちゃ駄目なわけ？　俺とかが入っちゃまずかったってこ

と？」

健介に八つ当たりばかりされていたせいでひどく心がやさぐれていて、誰にでも噛みつきたいような気分だったのかもしれない。

「書とか興味ないけど、腹は減ってるし、喉は乾いてるし、それでちょっと邪魔しただけ。なんか悪い？」

だが、目の前に立っている真面目そうな男は、そんなことはないと慌てて首を横に振った。

「あっ、いや、悪いとかじゃなくて、そうか。お腹が空いていたのか……」

何かを言い淀みながら、困ったように視線を彷徨《さまよ》わせている。

そのとき、祐二は「ああ」と胸の中で吐息を漏らしていた。つまり、この中年男は若い男に興味があるけれど、どうやって声をかけたらいいのかわからないのだ。

夜の街では男が男を口説くのは見慣れた光景だが、まだ昼時という明るい初夏の日差しの下では、すぐにはそうとは思い至らなかった。それに、相手があまりにも紳士風だったことも、下世話なことを思いつかなかった理由だろう。だが、目的がわかれば祐二だって臆することはない。開き直ったようにニヤニヤと笑って、男を見上げると言った。

「何、飯でも奢《おご》ってくれんの？　あんたさ、もしかしてそれで誘ってるつもり？　言っとくけど、俺、売りはやってないからね」

「えっ、ウリ……?」

今度は男のほうが一瞬何を言われているのかわからないと、奇妙な顔つきになった。そして、次の瞬間、その意味を理解したのか、大の大人が顔を赤くして懸命にそうじゃないと否定をする。

少しばかり意地の悪い気持ちがあって言った言葉だが、そこまでうろたえる姿を見たらちょっとおかしくなった。もしかして、本当にそんなつもりで声をかけたんじゃないんだろうか。

確かに、そんな遊びができそうなタイプには見えない。男はまだほんのりと赤い顔をごまかすように何度も顔を上下させ、やがて意を決したように言った。

「あ、あの、食事はどうかな? わたしもこれからオフィスに戻る前に昼食を摂《と》ろうと思っているんだが、よかったら君も一緒に行かないかい?」

「はぁ? 何言ってんの……?」

セックスが目的でないなら、どういう理由で食事になんか誘っているのだろう。だが、この生真面目そうな紳士が、祐二のような若造を本気でからかっているとも思えない。

(ああ、そう。そういうこと……)

祐二は内心苦笑を漏らしていた。

つまり、彼は祐二が空腹でギャラリーに入ってきて、そこにある菓子やサンドイッチや飲み物を必死で口にしているのを見て哀れんだということだ。

東京に出てきてからというもの、さんざん惨めな思いもしてきたが、たまたまその場に居合わせただけの他人に心底同情をされるほど落ちぶれているとは思っていなかった。

だが、考えみたら自分は何者でもない。ただのホームレス一歩手前の若造だ。夢中で故郷を飛び出し、新しい人生があるはずと信じてやってきた東京にも居場所はない。ここにいると、自分は馬鹿にされるか、同情されるかのどちらかしかないのだ。

思わず泣きそうになって唇を噛み締めていると、男が一歩だけ近づいてきて申し訳なさそうな声で言う。

「気に障ったのなら申し訳ない。けれど、わたしにも君くらいの息子がいてね。近頃は一緒に食事をすることもあまりないんだけれど……。それでというのも奇妙に思うかもしれないけれど、もしまだ君が空腹のようなら、昼をつき合ってもらえたらと思ったんだ。もちろん、誘ったのだから支払いのことは気にしないでくれていいんだ」

なんだかひどく不器用ないい訳にも聞こえた。なのに、彼の表情は真剣で、けっしてからかっているわけでもなければ、祐二を哀れんでいるだけという感じでもない。むしろ、

彼自身がどこか不安そうで、辛そうにも見えた。

きちんとしたスーツ姿の地位も金もありそうな男の人が、優雅に昼休みをギャラリー見学で過ごし、たまたま見かけた息子くらいの歳の若者に声をかけて食事に誘っている。奇妙といえば奇妙だが、はっきりとわかるのは、彼には祐二をどうにかしたいという下心などないということだ。

だてに何年も夜の世界で生きてきたわけじゃない。ゲイの恋人もいて、自分自身もそういう性癖である祐二が見て、目の前の男からは同類の匂いがしていないのだから間違いない。

彼は本気で祐二を食事に誘っているだけなのだ。どうやらこんな真似をしたのは初めてらしく、緊張した様子でスーツのポケットから出したハンカチで額の汗を拭っている。

「まぁ、いいけど。じゃ、何をご馳走してくれるわけ?」

祐二が言うと、男がハッとしたようにこちらを見て、緊張していた頬を少しだけ緩めたのがわかった。本当は「馬鹿じゃないの」と吐き捨てて、この場を逃げ出すこともできたけれど、生真面目で品のいい紳士がうろたえている姿を見ているうちに、自分のやさぐれた心が少しずつ落ち着いていくのを感じていたのだ。

「君が食べたいものでいいよ。何がいいのかな?」

男はしどろもどろでたずねる。奢りなら思いっきり高いものでおいしいものと思ったけれど、さっきギャラリーでつまみ喰いをしたせいもあってそれほどボリュームのあるものが食べたいわけでもなかった。

「じゃ、蕎麦《そば》がいい」

「えっ、蕎麦……？」

「そう。俺、蕎麦が喰いたい」

祐二が言うと、男は何度も本当にそれでいいのかと確認してから、近くの店へと案内してくれる。ところが、まだ昼どきということもあって、店には空いた席がなかった。

男は昼を食べたらすぐにオフィスに戻らなければならないのか、腕時計を見て時間を気にしている。だったら、ここで待っているより他の店に行ったほうがいいだろう。

「やっぱり、蕎麦がいいよね？」

そう訊きながら困っている様子がありありとわかったので、祐二は軽く肩を竦《すく》めた。

「いいよ。お腹さえ膨れたらなんでも」

それじゃということで、男が案内してくれたのはこの界隈《かいわい》に古くからある洋食屋だった。

祐二も何度も看板を見て前を通っていたが、古臭い店で誰が入るんだろうと思っていた。

だが、男に連れられて入ってみると、やはり昼時だったのでそこそこ混んでいた。だが、フロア係が男の顔を見て、すぐに飛んでくると奥の予約席の札を置いた席に案内してくれる。

「すまないね。他に予約のお客さんはいない？」

「大丈夫ですよ。こういうときのために空けてある席ですから」

どうやら男はこの店の常連で、顔を見ただけですぐに席を用意してもらえるらしい。

「ここはよく昼食や接待にも使う店なんだが、店長とは古くからの知り合いでね。ここに店を出して二十年になるけど、未だに開店当初からのファンが多いんだよ」

そんなどうでもいい話を聞き流していると、ウェイターがすぐに注文を取りにきた。

「なんでもおいしいけれど、ここはホワイトソースが絶品なんだ。でも、乳製品が駄目なら好きなものを頼むといいよ」

「じゃ、グラタン」

「他にサラダとか、温野菜のサイドディッシュもあるよ」

「いらない。それだけでいい」

祐二が一番値段の安いものを注文したので、男は心配そうにこちらをうかがう。けれど、何度訊かれても他に食べたいものはない。すると、男も同じようにグラタンを注文して言った。

「いつもそんなに小食なのかい？」

祐二が答えずにいると、男はちょっと困ったように一度俯いてから言う。

「わたしの息子は陸上の中距離をやっていてね。アスリートの中ではかなり細い体型なんだが、それでもずいぶんと食べるよ。肉なんてわたしの二倍は食べるし、またその倍くらい野菜も食べるんだよ」

そういえば、ここに誘うときに自分にも祐二と同じ年頃の息子がいると言っていた。だが、彼の子どもの話など祐二にはまったく興味がなかった。どうせ幸せな家庭で生まれ育った、坊ちゃんなんだろうと思うと、そんな奴と自分を比べるなと言いたい気分だった。

「それにしても、リクエストが蕎麦というのは意外だったよ。蕎麦が好きなのかい？」

男は息子の話に興味がないとわかると、また話題を祐二のことに戻して訊く。祐二もずっと黙っているのに飽きて素っ気無く答える。

「べつに。ただ、生まれたのが蕎麦どころだったから、なんとなく懐かしくなって食べたくなっただけ」

「信州の出身なんだね？」

祐二はどことは具体的な場所を言わず、ただ頷いただけだった。

そうしているうちに二人の前にグラタンが運ばれてきて、二人は無言で食べはじめた。

それは、本当に美味しいホワイトソースだった。

東京に出てきてからというもの、食べることなどずっと二の次の生活をしていたから知らなかったけれど、ちゃんとしたものを出す店もあるのだ。そして、そういう店を知っているということが、とても洗練された人間なのだという印象だった。

一緒に食事をしていたのはたいした時間でもない。ランチタイムにサービスされるコーヒーを飲んでから、祐二は両手をあわせて「ご馳走様」と言った。

男はそれを見てにっこりと微笑むと、テーブルの上の伝票を手にしてさっさと支払いに立つ。店を出たら、今度こそ名前や連絡先を訊かれるかもしれない。そう思っていたけれど、男はドアを出ると一度だけこちらを見て言った。

「それじゃ、ちゃんと食べて、元気でいてくださいね」

そして、にっこり笑うとそのまま駅前の方角に向かって歩き出す。昼休みが終わり、急に勤め人の姿が減った繁華街の中を振り向きもせず行ってしまう。

その後ろ姿をぼんやりと眺めながら、祐二はお礼の一言も言っていなかった自分に気がついた。本当は、思いもしなかったおいしいグラタンをご馳走になって、ちゃんとお礼を言いたかった。それに、互いの名前くらい名乗ってもよかったかもしれない。

その人が去っていってしまってから、祐二は奇妙な思いでバイト先のコンビニに向かう。

もう二度と会うこともない人だけれど、向かい合って座ったときに見た笑みがとても優しげだった。

そんな彼は、息子のことを祐二と比べて語っていた。でも、自分は誰にも愛されないまま生きてきた人間だ。あんな優しそうな人の息子とは、比べられるわけもない。

もしあんな人の子どもに生まれてきていたなら、もっと幸せな人生を送っていたのだろうか。そんなどうしようもないことを思い、苦笑が漏れる。

それにしても、奇妙な出会いだった。東京に出てきたからというもの、怪しげな人間にはうんざりするほど会った。甘い言葉を簡単に口にする人も、あからさまに肉体関係を求めてくる人もいた。中には健介のように祐二の心を惹きつけておきながら、いつしか誠実さなど忘れてしまう男もいた。

けれど、今日会ったあの人は、これまで出会った誰とも違う気がした。心が冷たくなるようなことばかりの都会で出会った不思議な人。

(でも、関係ないから……)

もう二度と会うこともないし、名前も何も知らないまま別れた人だ。祐二はバイト先に向かいながら、さっきまで自分の目の前にあった穏やかな笑みを記憶から拭い去ろうと大きく首を横に振るのだった。

◆◆

「俺の写真のよさがわからない奴らに、媚《こ》びてまで使ってほしくないんだよっ」

健介がまた酒に酔って怒鳴りはじめた。いつものこととはいえ、近頃は聞いているのも辛い。今夜はクラブの仕事がないので早めに帰ってきたのに、こんな時間から酔っ払っているなんて、正直うんざりだった。

だから、知らぬ間にしかめっ面になっていたのだろう。いきなり平手が飛んできたかと思うと、健介が吐き捨てるように言った。

「だいたい、おまえもおまえだ。いつまでもボケボケしてやがって、そうやっていつまでもぼんやり生きているしか能がないなら、さっさと田舎にでも帰っちまえよっ」

こういう八つ当たりにももう慣れた。健介の言うとおり、夢も目的もない自分は言い返す言葉がない。でも、田舎には帰れない理由がある。そんなことくらいわかっているのに、健介はわざと祐二をそうやって責め立てるのだ。

殴ったり蹴ったりされるのと同じで、言葉による暴力でも祐二の心はひどく傷ついている。けれど、どこにも逃げる場所がない。悲しくて、辛くて、心が壊れてしまいそうな夜だった。だが、現実はいつだって想像している以上に厳しくて、惨いものなのだ。

さっさと酔い潰れて眠ってくれればいいのに、こんなときにかぎって酒がきれる。すると、当たり前のように健介は酒を買ってこいと怒鳴る。祐二は家賃を払ったばかりで金なんかないと吐き捨てた。すると、そんな態度に激昂した健介が祐二の髪をつかんで、部屋から外廊下へと叩き出しながら言った。

「金がないなら、売りでもしてこいよ。昔はそれくらいやってたんだろうが。頭は緩《ゆる》いけど、面《つら》だけはいいんだからよ。くだらない意地なんか張ってないで、とっとと地べたを這ってやれることをやってみなっ」

健介とつき合う前は売りをしていたこともある。けれど、好きな人ができてからは絶対にそれだけはいやだと思っていた。なのに、その好きな人から命令されるとは思ってもいなかった。

もうお互いに愛情の欠片もないのだと思った。それなのに一緒にいるのは、惰性《だせい》でしかない。どこか新しい場所へ向かっていく勇気がない。歪みきった現状を断ち切る意思の強さもない。

こんなふうに一生が終わっていくんだろうか。そんな絶望的な気持ちにとらわれて、自分の部屋を叩き出された祐二は今夜もまた夜の街へと歩き出す。途中、歩道橋を渡っているとき、ふとその真ん中に立ち止まり欄干《らんかん》に両手を乗せてぼんやりと下を走る車を眺める。

（なんもいいことなんかないし、いっそ死んじゃおうか……）

心の中で呟くと、祐二はアスファルトの道路をじっと見つめる。高さはないが、これだけの交通量があるのだから車に轢《ひ》かれればきっと即死だろう。一瞬のうちに辛いことからも寂しい思いからも解放される。それは、今の祐二にとってとても魅惑的なことに思えた。

そして、気がつけばぐっと体を乗り出していた。顔が欄干よりも下に行き、このまま足を浮かせたら重みでズルズルと落ちていくかもしれない。

そう思ったとき、すぐ下を四トントラックが猛スピードで駆け抜けていった。ぶわっと風に煽られて、伸びっぱなしの前髪が持ち上がる。排気ガスの匂いと耳に残った轟音《ごうおん》に一気に目が覚めたように、祐二が体を欄干の中へと引っ込める。

今、自分は何をしようとしていたんだろう。ガクガクと体が震えて、思わず膝の力が抜けたようにその場にしゃがみ込んでしまった。こんなところにいたら駄目だ。また魔が差して下をのぞき込んでしまうかもしれない。そうしたら、今度こそこの体を投げ出してしまうだろう。

祐二は慌てて歩道橋から駆け下りると、とにかく人の大勢いるほうへと向かって歩き出した。人のいるところなら、きっと馬鹿なことを思わないだろう。

駅前まできたけれど、このあたりはファストフード店もファミリーレストランも十時で閉まってしまう。だったら、都心に出て二十四時間開いている店で腰を落ち着けるほうがいい。

電車に飛び乗ってやってきたのは、バイトをしているコンビニのある繁華街だ。働いて帰ったばかりなのに、またここに戻ってきているなんて馬鹿みたいだと思ったし、どうしようもなく情けない気分だった。

とりあえず近くのファストフード店に入ったら、カップルや若者たちが大勢でたむろして楽しそうに話している。そんな中にたった一人で座っていたら、もっと寂しくなってしまいそうな気がした。だから、コーヒーだけを買うと、祐二はすぐに店を出て近くの公園へ行く。ホームレスも多いが、ここは男が遊び相手を探す場所としても有名なところだ。

売りをする気はない。けれど、ここなら自分なんかがいてもいいような気がした。それに、暗闇で相手の顔はよく見えなくても、そこここに人の気配があればそれだけで安心できる。

こんな寂しくて惨めな夜だから、さっきみたいに自分でも訳のわからない衝動に駆られて、馬鹿な真似をするのだけは避けたかった。

時刻は夜の九時過ぎ。クラブのバイトがあるときは、とっくに店に入っている頃だ。べつにバーテンの仕事が好きなわけではないけれど、こうして惨めに時間を潰しているくらいなら働いているほうがまだましだ。

（でも、稼いだ金は健介の酒代になっちゃうけどな……）

自嘲気味に呟いて、祐二はまだ熱いコーヒーを一口飲んだ。ベンチの周囲では声をかけたそうにしている男が何人か行ったりきたりしている。けれど、そんな連中に興味はない。声をかけてきたって、無視するだけだ。

コーヒーを飲み終えるとなんだか身も心も疲れてしまって、祐二はベンチでゴロリと横になる。こんな時間、普通の人は自分の家でゆっくりくつろいでいたり、家族と一緒に過ごしていたりするんだろう。でも、今の祐二にはそんな時間など夢のようだった。

東京に出てくる前の実家でも、家族の団欒《だんらん》など経験したことがない。誰もが持っているはずのものを持っていないということが、こんなにも悲しい。結局自分がずっとほしいと思っているのは家族であり、誰もが経験している当たり前の時間なのかもしれない。

東京に出てくれば新しい何かが見つかって、当たり前のものを持っていない自分に引け目など感じずに生きていけると思っていた。けれど、現実は人が溢れている東京でも、当たり前のものを持っていないことはやっぱり寂しいことなのだ。

祐二はじっと目を閉じてベンチで横になっていると、額に何か冷たいものがかかった。目を開けてみると、近くの街灯の明かりに照らされて細かい雨粒がパラパラと落ちてくるのが見えた。

雨に降られて、梅雨どきだったことをいまさらのように思い出す。このままベンチにいるわけにもいかないと思っているのに、なんだか面倒で動く気にもなれない。

ここで雨に濡れて自分が肺炎になって死んだからといって、誰が悲しむんだろう。そう思ったら、ますます何もかもがどうでもいい気分になってきた。

さっきから祐二に声をかけようとしていた男たちの姿も、雨が降り出すと散り散りに消えていった。ただ、ホームレスだけが青いテントや段ボールの中で身を潜めているだけだ。

やっぱり、帰ろうか。財布にはわずかだけれど金はある。これで健介に酒を買っていけば、少しは機嫌がよくなるだろう。久しぶりにあの大きな背中に頬を寄せて甘えてみたら、健介も祐二に優しくしてくれるかもしれない。

束の間のまやかしに似た時間でも、冷え切った体を寄せ合えば互いの傷ついた心を慰め合える。これまでもずっとそうやって二人の時間を重ねてきたのだから、今夜もまたそうすればいいだけだ。祐二がそう思ってようやく体を起こそうとしたときだった。

「こんなところで何をしているんだい？」

いきなり目の前に人が立って、自分の頭上に傘がさし掛けられた。雨が遮られて、祐二が顔を上げると、そこには見覚えのある中年の男性が立っていた。

「あっ、あんた……」

言葉が続かなかったのは、その男のことは知っているけれど名前を知らなかったから。彼は今から二週間前、祐二がふらりと入ったギャラリーで会って、そのあと食事をご馳走してくれた人だった。

「雨が降っているのに、公園で何をしているんだい？」

もう一度訊かれて祐二は答えに困り、そっぽを向いて「べつに」とだけ言った。

「もう遅いよ。帰らないと家の人が心配しないかい？」

何を言っているんだろうと思った。この間会ったときだって、金もなく空腹でうろついていることくらいわかっていたはずだ。そんな祐二に心配する家族がいると本気で思っているんだろうか。

「家族？　そんなもんいないし。あんたこそ、こんな時間にこんな場所で何やってんの？ここ、男が男を漁《あさ》るハッテン場だぜ。やっぱり、そっちの趣味があったってこと？」

祐二が鼻で笑うように言うと、男は驚いたように周囲を見回してから言う。

「ここは、そうなんだ。いや、なんか、いつも帰る頃に男の人がたくさんいるとは思ったけど……」

本当に知らなかったんだろうか。その表情をうかがってみたがなんとも気まずそうで、どうやらこういうことにはまったく疎い人らしい。

「俺のことより、あんたのほうこそ何やってんの？」

「帰宅の途中なんだよ。すぐそこの銀行が勤め先でね。この公園を通ると駅への近道なんだ」

言われて、男が指差した先にあるのは、大手都市銀行の看板だった。

「へぇ～、おじさん、銀行マンなんだ」

祐二がくだけた口調で訊くと、なぜかちょっと照れくさそうに頷いてみせる。それは、自分の地位や立場に奢った態度ではなくて、自分よりずっと歳の若い祐二に気さくに声をかけられたことを照れているのだとわかった。確か、祐二と同じ年頃の息子がいると言っていたはずだが、どこか若者との会話に慣れていない感じがする。

コンビニにくる客は誰もが店員を人間なんて思っていない。皆ぞんざいな口調で買い物をしていくだけだ。クラブの客はといえばホステスを口説くのに懸命で、酒や灰皿を運んでくるバーテンなど空気のように無視している。そして、アパートに帰ると、酔った健介に詰《なじ》られ殴られることが日常茶飯事《にちじょうさはんじ》の日々だ。

　そんな誰とも違う男の態度に、祐二は気がつけばちょっとだけ頬を緩めていた。だが、男のほうはますます心配そうな顔をしてたずねてくる。

「それより、雨が降っているのに、こんなところにいると風邪をひいてしまうよ。家族はいないなら、一人暮らしなのかな？」

　不器用な問いかけに、祐二は思わず噴き出しそうになっていた。

「何、その質問？　俺のことが気になんの？　でもさ、その気がないなら、あんまりこの公園を通らないほうがいいんじゃない。こんな時間に俺みたいなのに声をかけているのを誰かに見られたら、面倒な噂を立てられちまうからさ」

　この間食事を奢ってもらったお礼というわけでもないが、祐二が男に向かって忠告した。すると、彼はまるで気にとめる様子もなく笑って言う。

「まさか、そんなことはないと思うよ」

　どこまでもお人好しそうな顔を見ていると、なんだか本気で心配になってきた。

「いいから、もう行きなよ。マジでヤバイことになるし」

「いや、そんなことはいいんだ。でも、君がここにいると濡れるだろう」

「大丈夫だって。すぐそこのファミレスに入ろうと思ってたところだし」

「もしかして、お腹が空いているのかい?」

空腹だったけれど、今夜は財布も持っているし、自分で何か食べようと思えば食べられる。なのに、この間のように彼に食事をたかるのは本意じゃなかった。だから、祐二は首を横に振って、空腹じゃないと言った。すると、男はちょっと安心したように笑う。

「そう、よかった。じゃ、この傘を使いなさい」

「そんなことしたら、あんたが駅までに濡れるだろう」

「大丈夫だよ。わたしは折りたたみの傘をもう一本持っているからね」

そう言うと、自分の革のソフトアタッシュからそれを取り出してきて見せる。

「じゃ、気をつけて」

それだけを言い残すと、男はまた祐二の前から去っていこうとする。その後ろ姿がどんどん小さくなっていくのを見ているうちに、祐二はたまらない気持ちになって思わず声を上げる。

「あの、ちょっと待って」

折りたたみの傘を広げながら駅へと歩いていた男は、祐二の声に振り返る。

「あのさ、俺、やっぱりお腹空いてるんだ……」

男の問いかけをなんて不器用なんだろうと思い、腹の中で笑っていた。なのに、今自分が口にした言葉もまた呆れるくらい不器用で、恥ずかしさのあまり穴があったら入りたいくらいだった。

けれど、男はそんな祐二を見て少しだけ驚いた様子を見せたものの、すぐに優しい笑みを浮かべて頷いた。

「実は、わたしも残業の帰りで夕食はまだなんだよ。もし、君さえいやでなければ、一緒に食べようか」

東京にきてからというもの、田舎者だと馬鹿にされないよう懸命に訛《なまり》をとって話す練習をした。今では、祐二が信州の出身だと気づく人はほとんどいない。けれど、自分を食事に誘うこの人は、どこの訛もないようなのに、ひどくぎこちない言葉なのでかえって日本語がおかしい気がする。

それは、たとえば英語の台詞を翻訳の機械にかけて日本語にしたようなぎこちなさがある。それでも、生真面目そうでいて都会的な彼の顔を見ていると、それもまた似合っているようでおもしろかった。

この人は祐二のことを何も知らない。だから、家族が心配していないかなどと当たり前のように口にする。けれど、祐二もまた彼のことを何も知らない。すぐそこの大手都市銀行に勤めていることと、祐二と同じ年頃の息子がいることだけは聞いたけれど、それさえも本当かどうかわからない。

　でも、彼が何者でもいい。今夜の祐二は一人でいることが辛かった。誰でもいいから、自分のそばにいてほしい。そんな気持ちで声をかけただけだ。

　男が誘うままに、祐二はベンチから立ち上がる。男がまだ折りたたみの傘をさしてはいなかったので、祐二はさっき貸してもらった傘を彼に返す。そして、その傘に二人で並んで入った。

　どこへ行くともわからない。それでもいい。もう今夜は自分が自分でいることさえ侘《わび》しくて、どうしようもない夜だったのだ。

　誰でもいいから、うっかり死んでしまいそうな自分を止めてほしい。それが本音だったのに、男はそんな祐二の胸の内など知る由《よし》もなく、降り注ぐ雨に祐二が濡れないように傘をさし掛けることばかりを考えているようだった。


「接待か部下との昼食くらいしか外食はしないので、若い人が好きそうな店は知らないんで申し訳ないね」

そう言って男が祐二を案内したのは、この間とは違う駅の向こうにある小さな店だった。いわゆるフレンチビストロと呼ばれる、お洒落《しゃれ》だが気取りすぎずカジュアルな雰囲気でフレンチが食べられる店だ。

それでも、祐二にとっては充分に気後れがする店構えだったが、男が堂々と入っていったので案内されるままに奥まった席へと二人して腰を落ち着けた。

「単品もいいけれど、ここでは三品コースがお勧めなんだよ。わたしはそうしようと思うけれど、君はどうする?」

メニューを見ても何がおいしそうなのかもわからない。仔牛だの子羊だのとあって、その横にはグリエとかソテーなど調理方法らしきものが書かれている。さらには、どんなソースで、どんな野菜が添えられているのかも載っているが、いちいち読むのも面倒だった。

「俺、よくわからないから頼んでよ」

開き直ってそう言うと、男は楽しそうにメニューを広げて、祐二の好みを聞いてからウエイターに細かい注文をしていた。

「この店はフレンチでも家庭料理を中心に出している店でね。あまり凝ったメニューはないんだ。むしろ、アメリカ人でも食べ残しそうなくらいの肉とかポテトが皿に盛られてくるんで、そういう意味で評判になった店なんだよ」

この間の洋食屋もそうだったが、自分の入る店にはいちいち蘊蓄《うんちく》があるらしい。だが、運ばれてきた料理を口にして、祐二はしばし唸《うな》りながら黙り込んだあと、思わず呆けたように呟いた。

「この間のグラタンもおいしかったけど、これもびっくりするくらいおいしいね。こんなの食べたの、生まれて初めてかもしれない」

そんな祐二の顔を見て、男が笑う。

「そんな、大げさな。でも、ここのシェフが生真面目な人でね。フランスの修行時代に習った味を絶対に変えずにやっているんだよ」

そういう実直さが、祐二のような味のよくわからない人間の舌にもはっきりと訴えてくるのかもしれない。

男は前菜にオマール海老《えび》のテリーヌを食べ、主菜は鴨肉料理を食べている。祐二はニース風サラダを前菜に選んでもらったが、主菜は子羊のもも肉のグリエだった。

たっぷり添えられたフレンチフライも、ファストフードの店のものとは違ってカリッと揚がっていて、いくらでも食べられる気がした。

「あのさ、おじさんの名前訊いてもいい?」

「ああ、そういえば、名乗っていなかったね」

今頃思い出したように男は自分のスーツの内ポケットから黒い革のケースを取り出し、名刺を祐二に差し出す。受け取ったそれには、銀行名と支店長の肩書き、そして「関晃一《せきこういち》」という名前が日本語と英語で書かれていた。

「へぇ、おじさん、すごいね。あんなりっぱな銀行の支店長さんなんだ」

素直に驚いてみせる祐二に、晃一はちょっと笑って頷いただけだった。それは、謙遜《けんそん》するでもなく、偉ぶるでもなく、ものすごく自然な態度だった。

「じゃ、君の名前も訊いていいかな」

「俺？　祐二。荻野《おぎの》祐二っていうの。二十二歳、もうすぐ二十三になるよ」

「仕事はしているの？」

公園でぶらぶらしているところばかり見られているから、無職だと思われているのかもしれない。一応働いてはいるけれど、いい歳をしてきちんと就職もせず、やりたいことも見つからないままバイトの掛け持ちというのもみっともない気がした。

「正社員として雇ってくれるところを探してる。でも、俺、高卒でこっちに保証人もいないし、無理っぽいけどね」

くだらない見栄を張ってもしょうがないのに、そう言ったら晃一が途端に深刻な表情になる。

「そう。今はどの業界も厳しい時代だから大変だろうね」

具体的にどんな職種を希望しているのか訊かれたらどうしようと思ったが、晃一はふと思い立ったように話題を変えた。

「それにしても、うちの息子より年上とは思わなかったね。てっきり、同じくらいかと思っていたよ」

「ガキっぽく見えるってよく言われるから。健介は頭が空っぽだからって言うけどね」

「健介……?」

「あっ、一緒に暮らしてる恋人」

「家族はいなくても、恋人がいるんだね。で、その人は男性なんだ……?」

「決まってるだろ。『健介』なんて名前の女がいるわけないし。でも、俺がゲイだからって、べつに意外でもないだろ」

祐二が開き直った態度で言うと、晃一は頷きながらもちょっと困ったような顔になっていた。

「でも、安心したよ。一緒に暮らしている人がいるなら、寂しくはないんだね」

「そうでもないかな。恋人っていっても、もう惰性で一緒に暮らしているだけの相手だから」

「えっ、そうなの？」

食事を続けながら、祐二はいつしか自分のやさぐれていた気持ちをぶちまけたい気分になっていた。なので、肉を頬張り、ポテトを口に放り込みながら、健介との馴れ初め《なれそ》や一緒に暮らしてきた日々のこと、それに彼が海外に出て戻ってからの変貌までを全部話してしまった。

最初のうちは戸惑い半分で聞いていた晃一だが、途中からだんだんとその顔色が変わっていった。

「そんな、暴力が日常茶飯事で一緒に暮らしていて大丈夫なのかい？」

「平気だよ。もう慣れたし。それに、健介が辛いこともわかるしさ。俺も誰でもいいから、一緒にいてくれる人がいたほうがいいし……」

「いや、それは駄目じゃないかな。お互いのためになっていないと思うよ」

晃一が言ったので、祐二は思わず食事の手を止める。もちろん、祐二だってこのままの関係を続けていていいわけはないと思っていた。けれど、誰にも相談できずにいたし、誰かからまともなアドバイスを受けられるとも思っていなかった。

都会では誰もが自分のことに精一杯で、人のことなど気にしていないのだ。なのに、晃一は本気で祐二のことを案じているように言う。

「君はその人のことを本当に好きなのかい？　心から思っているの？」

それは、優しい言葉でいて厳しい質問だった。だから、祐二は手にしていたナイフとフォークを置いて、俯きながら小さな声で言う。

「俺ね、都会に出てきてから誰にも優しくしてもらったことなんてないんだ。でも、健介は優しかった。多分、本当の家族以上に」

なのに、アジアを旅して帰ってきた彼はすっかり違う人間になっていた。

「向こうでいろいろと怖いものを見たみたいなんだ。内戦とか飢えとかで人が死んでいくのって、日本じゃないことだから。でも、世界中からやってきたジャーナリストとかカメラマンが、そんな状況を当たり前のようにカメラにおさめてレポートしているんだって。より過激な映像を撮ろうと必死になっている連中を見て、自分は全然駄目だって思ったみたい。でも、それって、健介が優しいからだと思うんだ」

いつまでも安っぽいポルノまがいの写真を撮っていたいわけじゃない。本当は世界に真実を伝えるような報道写真が撮りたいと意気込んで行ったのに、健介は自分の甘さを痛感したのだろう。

その現実を知って打ちのめされ、カメラマンとしての自分の限界を知り、日本に戻ってきたものの向かう先がわからないでいる。

夢に出遅れた健介と夢が見つからない祐二は、互いの傷を嘗め合って暮らしているようなものだった。だが、そんな話を聞いた晃一もまた食事の手を止めて考え込んでいた。

「そうだね。きっと優しい人なのかもしれないね」

そうは言ってくれたが、何か腑に落ちない様子で表情を硬くしているのがわかる。健介についてこれ以上何か言われるのがいやで、祐二は慌てて話題を変えようとした。

晃一のことで何か訊くことはあるだろうか。勤めているのは銀行だとわかっても、経済のことなどろくに新聞も読んでいない祐二には何も言えない。

「それより、息子がいるんだよね？　子どもは一人？」

「いや、娘もいるよ。彼女はもう勤めていて、親馬鹿かもしれないがなかなか優秀でしっかり者なんだ」

その口調から、娘よりも彼が息子のことを案じている様子はなんとなくわかった。

「息子さんはまだ大学生なんだろ。何かスポーツをやってるとか言ってたよね」

「ああ、陸上の中距離なんだが……」

そう言ったかと思うと、晃一の顔色が急に曇《くも》った。祐二が奇妙に思って晃一の顔をのぞき込むと、小さな溜息が聞こえた。

「実は、トレーニング中に膝を痛めて、先日手術を受けたところなんだよ。本人はあまり弱音を吐かないんだけれど、きっと辛いと思う。でも、わたしは若い頃からスポーツが苦手だったし、アスリートの気持ちがわかるわけでもなくてね。うまく慰めの言葉も言えやしない」

彼が自分の息子を心から案じていることは、祐二にもひしひしと伝わってくる。自分とは悩みの次元も種類も違っているけれど、生きているかぎりどんな人にも心を痛めていることはあるのだと思った。

「それに、怪我のことだけじゃなくて、近頃の息子は何か家族にも言えないことを抱えているようでね。反抗期の頃でももう少し言葉を交わしていたように思うのに、大人になった男同士のほうが案外腹を割って話すのが難しいこともあるんだろうか」

もしかして、彼が自分に声をかけてきた本当の理由は、そのことだったのかもしれない。息子とのコミュニケーションがうまくできない中年男性が祐二に声をかけて、何か息子との会話のきっかけが見つけられたらと思っていたのだろう。でも、祐二はきっと育ちのいい彼の息子とは似ても似つかないと思うから、たいして役には立てない気がした。

「あのさ、多分だけど、息子さんも心配してもらってることくらいちゃんと気づいていると思うよ。俺なんか母親が再婚してからずっと義理の父親に無視されて育ってきたから、自分に関心のない人間の態度はよくわかるんだ」

都会に出てきてからもそうだった。少し親しくなった相手に、自分の悩みを打ち明けてみたところで、たいていは親身な振りをしているだけで腹の中じゃ全然関係ないことを考えている。そして、次に会ったときには祐二の打ち明けた悩みなどすっかり忘れていたりするのだ。けれど、その反対もあると思う。

「ろくに話をしてなくても、本気で気にかけてくれている人の気持ちなら伝わるんじゃないかな。俺にしたら、羨ましい話だよ。そばで黙って見守ってくれる人がいるなんてさ」

そう言った祐二が皿の上のポテトをきれいに片付け、グラスの水を飲んでいると、晃一がさっきよりも複雑な表情でこちらをじっと見ていた。

「何……？」

「あっ、い、いや、家族なんていないって言っていたけれど、ご両親はまだ……」

そういえば、健介のことは話したけれど、本当の家族のことはまだ言っていなかった。一瞬、どうしようか迷ったけれど、すでに捨てたような家族のことは隠しておくほどでもない。

「べつに死んだわけじゃないよ。田舎にいるし。でも、家出同然で飛び出してきたから、もうずっと連絡も取ってないし、向こうももう俺のことなんか忘れてるんじゃないかな。どうせ、同じ家の中にいても、他人同士みたいに暮らしてたしさ」

「両親は再婚されたと言ったけれど、お義父さんはともかくお母さんは実の息子なわけだから、やっぱり心配しているんじゃないのかな」

「どうかな。オフクロっていうより、あの人『女』って感じでさ。息子はいなくても生きていけるけど、男はいないと駄目なタイプだったから」

自分の母親のことを苦笑混じりに言う祐二の言葉に、晃一はすっかり返事に困っていた。生まれも育ちもよさそうな紳士だが、五十を過ぎた男なんだから世の中にはそんな人間がいることくらいわかるだろう。ただ、それを認めることは祐二に悪いとでも思っているのか、懸命に慰めの言葉を探している。

「それでも、お腹を痛めて生んだ子どもだから、きっと連絡がほしいと思っているんじゃないかな」

「いいよ。気を遣ってそういうこと言ってもらっても、あんまり嬉しくないし」

「だが、さっきの恋人の話といい、なんか君は都会でずいぶんと無理をしているようで……」

晃一も主菜を食べ終えてナイフとフォークを置くと、ナプキンで口元を拭いながらひどく沈んだ表情になる。そんなふうに同情されるとなんだかよけい惨めで、祐二はかえって自虐的な気分になってしまった。

「俺さ、本当は今夜自分の部屋を追い出されてきたの。健介に酒を買ってこいって言われたけど、そんな金なんかないって怒鳴ったら、部屋から放り出されちゃったんだ」

食べ終えた皿を下げにきたウェイターがデザートのメニューを置いていったので、祐二はチラッとそれを見てチョコレートムースを頼む。晃一は季節のフルーツの盛り合わせを頼んでいた。そして、ウェイターが立ち去ると、さっきの続きを話す。

「金がないなら、売りでもして稼いでこいって言われた。頭は緩くても、顔だけはまだましだからって」

「なっ、なんてことを……。そんなひどいことを言われて、出てきたのかい？」

「いつものことだから、気にしてないよ。それに、顔だけは可愛いって言ってくれるんだ、健介は。本当に俺、それくらいしかとりえないしね」

「確かに、君は中性的で愛らしい顔をしていると思うけれど、だからって恋人にそんなことをさせようなんて間違っているだろう」

これまで困惑の表情は浮かべていても、声を荒げるようなことはなかった。でも、今は静かにだが、はっきりと怒りのこもった声でそう言った。

そこへデザートが運ばれてきて、祐二は小さく肩を竦めてみせるとスプーンでチョコレートムースをすくいあげて笑う。

「いいよ、俺のためにそんなに腹を立ててくれなくても。それより、息子さんと話ができるといいね。あっ、そうだ。今度食事に誘えばいいじゃん。俺なんか連れてくるより、自分の息子と二人でゆっくり飯でも喰って、それで悩みを聞いてやりなよ」

晃一はそれでもまだデザートに口をつけず、じっと祐二のことを見ていた。

これ以上自分のことを話してもますます惨めになるだけだし、晃一を不愉快にさせてしまうだけだと思ったから、祐二はすっかり黙り込む。そして、晃一もまた家族のことは言わず、ときどき心配そうな目で何か言いたそうにしていた。

食事を終えて店を出ると、雨はさっきよりもひどくなっていた。

「君はどうするつもりなの？　部屋に帰っても大丈夫なのかな？」

店の軒先で晃一が心配そうに聞くので、祐二はちょっと考えてから首を横に振った。

「今夜はやめておく。健介が起きていたら喧嘩になるだけだし。また部屋から放り出されるのもいやだしね」

「だったら、どうするの？」

「適当にファミレスででも時間潰すよ。それより、また飯奢ってもらってありがとね。都会にもあんたみたいな人がいるんだね。最低の夜だったけど、なんかちょっと救われた気分」

「あっ、いや、そんな……」

晃一が明るく振舞う祐二を痛々しい目で見るから、なんだかかえって辛い。

「それから、甘えついでにもう一つだけいいかな。できれば傘を貸してもらえると嬉しいかも。あとでちゃんと銀行に返しにいくからさ。もちろん、誰にもわからないように入り口の傘立てに置いておくから」

「もちろん、傘は持っていきなさい。それより、本当にファミレスで朝まで時間を潰すつもりかい？」

「ときどきやってるから平気。それに、今日は財布と携帯だけは持って出てきたから、それくらいの金ならあるし」

自分のジーンズのポケットを叩くと、借りた傘を開いて一人で駅とは反対の方角へ歩き出す。一度だけ振り返って晃一のことを見たら、彼はまだ心配そうにそこに立っている。祐二は小さく手を振ってまた歩き出すと、角を曲がる前にいきなり背後から傘もささずに追ってきた晃一に肩を叩かれる。

「な、何やってんの？　濡れるよ。折りたたみの傘は？」

祐二が訊きながら、慌てて自分の借りた傘を晃一にかける。

「やっぱりファミレスで夜明かしなんてよくない。そんな生活をしていたら駄目だ」

「何言ってんの？　だから、しょうがないって言ってるじゃん。それに、毎晩のことじゃないし……」

「いいから、おいで」

そう言うと、晃一はいきなり祐二の手を引いて歩き出す。

「どこ行くのさ？」

無言で腕を引かれ同じ傘の中で身を寄せ合いながら、すぐ先に見えてきたのはこぎれいなビジネスホテルだった。

◆◆

昨日の夜は、時間をかけてたっぷりお湯を使いながらお風呂にも入って、一人のベッドでゆっくりと眠った。健介と一緒に体を寄せ合って眠るのが常だったから、こんなにのびのびと眠れたのは久しぶりだった。一人の夜が寂しいと思い込んでいたけれど、昨夜はそうでもなかった。なんだかちょっと一人になれてホッとしている自分がいた。

晃一に連れられてきたビジネスホテルの部屋ですっきり目覚めた祐二は、昨夜のことを思い出し小さく吐息を漏らす。

ホテルのロビーでチェックインを待っているときは、てっきり晃一も一緒に泊まるのかと思ったし、実はそれならそれでもいいような気がしていた。いまさら売りはしたくない。でも、彼は祐二によくしてくれたし、自分には何もお返しができないのだ。だったら、体で返してもいい。ずっと借りっぱなしより、いっそそのほうがすっきりすると思った。

それに、祐二は晃一のことが嫌いじゃない。どこかのんびりとして裏もなくただ誠実そうで、都会の大きな銀行の支店長を務めている。自分とはまるで住んでいる世界が違っていて、東京に出てきてから祐二が初めて出会うタイプの大人の男の人だったかもしれない。

ところが、晃一はチェックインをすませて鍵を持ってくると、それを祐二に渡して言ったのだ。

『支払いはすませてあるから、今夜はゆっくり休みなさい。明日部屋に戻ったら恋人とも、落ち着いてこれからのことを話すといいよ。寂しいという理由だけで一緒にいても、お互いが幸せになれないなら、その関係は考えたほうがいいと思うんだ。それから、早くちゃんとした就職先が見つかるといいね』

晃一が泊まっていくつもりがないと知って、祐二がポカンと相手を見上げていると、少し照れくさそうにつけ足した。

『まぁ、自分の息子もうまく慰められないような人間が、人の恋愛問題に口出しをするのもどうかと思うんだけどね』

ただ、晃一は若い将来のある青年が、不安を抱えながら都会で苦労をしている姿を見るのはしのびないと言う。きっと自分自身や自分の子どもたちが恵まれているから、祐二のような人間が哀れに見えて仕方ないのかもしれない。

本当は同情されるのなんて真っ平だと思っていた。なのに、晃一の柔らかい笑顔を見ていると、そんな強がる気持ちさえもふと緩んでしまった。そして、鍵を受け取ってお礼を言うと、晃一が何度か手を振って帰っていくのを見送った。

祐二はベッドの横の時計を見ると、チェックアウトの時間まで部屋で備え付けのコーヒーを飲みながら窓辺に立って東京の街を見下ろした。

東京にはたくさんの高層ビルがあるのに、祐二は安アパートの二階に住み、マンションの一階に入っているコンビニで働き、雑居ビルの地下にあるクラブでバーテンをしている。高い場所とはまるで無縁の、まさに地べたを這うような生活だ。

こうやって七階の窓から眺めてみれば、人も車もずいぶんちっぽけだった。自分も普段はあの中に混じって生きているんだと思うと、人間なんて誰もあまり変わらないような気がした。でも、一歩ホテルから出て地上に立ってみると、やっぱり自分は誰よりも小さくて無力で、惨めな存在に思えた。

祐二は昨日借りた傘だけを持ってコンビニのバイトに向かう。その前にこの傘を返しに行かなくちゃいけない。約束どおり銀行の入り口の傘立ての端に立てておけば、きっと晃一は気づくだろう。

そう思いながら、なにげなく昨日食事をしているときに渡された名刺を出して見てみる。それにしても、街でちょっと知り合っただけの人間に、簡単に勤め先を教えて名刺まで渡すなんて無防備すぎると思った。

もしタチの悪い人間なら食事をしただけでも、男を口説いていると噂が立ってもいいのかと脅しているかもしれない。夜の世界ではそういう真似をする人間を何人も見てきたし、また本当にそういう性癖を隠しておきたくて、金を出す男もいるのだ。

だが、晃一は本当に祐二のことを案じてくれていただけだとわかる。たとえ同情だったとしても、その気持ちは温かく弱った祐二の心を優しく包んでくれたのだ。

傘を返すときも顔を合わせることはないし、この先一生会うこともないと思う。もしかしたら、晃一が祐二の働くコンビニに買い物に寄ることがあるかもしれないが、そのときに自分が必ず店にいるというわけでもないだろう。こんなにたくさんの人がいる都会だから、ほんのワンブロック先で働いていても、会わないときは会わないものだ。

それに、いくら意地も見栄もないとはいえ、これ以上晃一のような親切な人間に甘えるような真似はしたくない。ひょんなことで出会い、二度ばかり食事をご馳走になった。そして、一晩だけゆっくり眠れる場所を与えてもらった。もうそれで充分だ。

祐二は名刺を財布の中に戻してポケットに押し込むと教えてもらった銀行へ行き、入り口のすぐそばの傘立ての隅に晃一の傘を立てる。何か簡単なお礼でも書いて添えておけるといいのだけれど、あいにくペンも紙もない。

そこで、銀行の中に入ると記入台のところで振込み用紙を一枚もらい、その裏に「いろいろありがとう・祐二」と走り書きをした。その紙を細長くたたむと、傘の柄のところに巻きつけておく。そのとき、警備員がちょっと奇妙な顔をしてこちらをうかがっていたので、祐二は慌てて銀行を飛び出した。

何も悪いことはしていないのに、なんだか自分があそこにいるだけで晃一に迷惑がかかるような気がして、つい焦って逃げてしまった。

それでも、なんだか気分はよかった。昨日はちゃんとお礼も言えなかったけれど、ああして一言でもメモを残しておけたからこれでいい。

その日、祐二はいつものようにコンビニのバイトに入り、夕方からはバーテンの仕事に行った。店がはねて片付けを終え、最終電車に乗って部屋に戻る。丸一日以上部屋を出ていたから、なんだか帰りにくい。でも、本来なら自分の部屋なんだから、健介に遠慮をするのも馬鹿馬鹿しい。

そう思って鉄パイプの階段を上がり、二階の奥から二番目の玄関を開く。部屋の中は真っ暗で、しんと静まり返っていて、健介はまた酒を飲みに出かけているようだった。それならそれでいい。今はまだ顔を合わしても、晃一の言うように落ち着いた気持ちで話ができるとは思えなかったから。

祐二は履き古したスニーカーを脱ぎ捨てると、玄関に上がりすぐ横のキッチンで水を一杯飲もうとした。と、そのとき、奥の部屋から人の気配がして、ハッと振り返る。

「おい、昨日の夜はどこにいた?」

「け、健介、いたの……?」

驚いて祐二が呟くと、いきなり健介の平手が飛んできた。

「おまえ、酒を買ってこいって言ったのに、どこへ行ってたんだっ?」

「どこって、金もないし、健介は怒ってるし、しょうがないからファミレスで時間潰して、今日はいつものように仕事だよ。他に行くとこなんかないの、知ってるだろ」

祐二は打たれた頬を押さえながら言った。そんな返事の仕方が気に入らなかったのか、健介は祐二の体を強引に引き寄せると睨みつけて本当かと確認する。

「嘘なんか言ってないっ」

どうしてこうなってしまうんだろう。喧嘩をしたいわけじゃない。できることなら、晃一の言っていたように落ち着いて話をしたい。これから二人がどうしたらいいのか、本当に一緒にいたほうがいいのか、それとも別れたほうがいいのか、祐二一人では結論が出せないからきちんと話したかった。なのに、いつでも健介といると話す前に怒鳴り合いになってしまう。

強く二の腕を引いて祐二の体を無理矢理抱き寄せた健介は、髪に片手を差し込んでくると、指ですくい上げている。何をやっているのかと思ったら、唸るような声で言う。

「なんで違うシャンプーの匂いがしているんだ？　おまえ、どこで風呂に入ってきた？」

「え……っ」

それは、昨夜泊まったビジネスホテルのバスルームに備え付けられていたシャンプーとリンスの匂いだ。でも、ホテルに泊まったなんて言えない。ましてや、見知らぬ親切な人が部屋を用意してくれたなんて、言っても信じてもらえないだろう。

祐二が黙っていると、健介がいつもと違う匂いの髪をつかんで隣の部屋のベッドに連れていく。

「い、痛いよっ。健介、離してよっ」

叫んでも聞いてくれず、そのままベッドに押し倒される。

「おまえは、俺の見てないところで何をやってんだ？　他の男に抱かれてきたのかっ？」

そんなふうに怒鳴られるなんてあんまりだ。昨日の夜、自分がなんて言って祐二を部屋から追い出したのか、酔いから醒めたらすっかり忘れてしまったんだろうか。

「金がないなら売りでもしてこいって、健介が言ったんじゃないかっ」

「おまえ、まさか本気でやってきたんじゃないだろうな？」

「するわけないよ。俺、もう売りは真っ平なんだから。それくらい、健介だって知ってるだろ」

過去のことは健介とつき合い出した頃に言ってあったし、彼も許してくれていると思っていた。なのに、いつしか自分の恋人に売りをしてこいとまで言うようになった男を、祐二はひどく悲しい思いで見つめた。おまけに、一夜明けたら自分の言ったことも忘れ、祐二の不貞を疑っている。

「本当だな？　誰にも抱かれていなんだな？」

そう言いながら、健介はベッドに押し倒した体をまさぐってくる。慣れた手つきで胸の突起を摘み上げて、その手を素早くジーンズへと潜り込ませてくる。尻を分けられながら、いつの間にか勃起した健介のものが祐二の股間に強く当たっていた。

グリグリと押し付けられているうちに、一週間ほど抱かれていなかった体が火照りはじめる。

（ああ、また……）

こんなふうになし崩しに溺れてしまう。こんなセックスは不毛だ。そう思うのに、慣れた健介の温もりが祐二のささくれ立った心を少しだけ柔らかくしてくれる。

東京に出てくるまで女の子を抱いたこともなかった。まして、男に抱かれることなんて考えたこともなかった。最初につき合った年上の女性とのセックスは、今思えば自分がオモチャのように彼女に使われて弄ばれていただけだ。そこに快感がなかったわけではないけれど、何か釈然としないものがあった。

けれど、健介に抱かれて男同士のセックスをきちんと教えてもらったとき、下半身から脳天までを突き抜けるような快感があった。

「祐二、おまえは俺のもんだろ？　なぁ、そうだろ？　おまえまで俺を置いていくなよ」

健介はそう言って祐二に唇を寄せ、痩《や》せっぽちの体を抱き締める。

「悪かったよ。また酔って、俺が無茶を言ったんだろ？　すまなかった。もうあんなになるまで飲まないから、一緒にいてくれよ。俺にはおまえだけなんだよ」

「健介……」

今年で三十五になる彼は、自分がどこへ向かえばいいのか見失って苦しんでいる。祐二は頭がいいわけでもないし、人より優れた感性があるわけでもないので、健介の撮る写真がどのくらいいいのか、あるいはどのくらい駄目なのかもわからない。

けれど、自分なんかが立ち入ることのできない世界で必死で闘っている人を見ていると、その苦しさを少しでも救ってあげられたらと思うのだ。自分にできることはそれくらいしかないから、今夜もまた健介を抱き締める。

「俺、どこにも行かないよ。だって、どこにも行けないもん。健介以外で信じられる人なんかいないよ。本当にそう思ってるから……」

祐二はそう言うと、無精髭を生やした健介の顔を両手で愛おしい気持ちをこめて撫で、唇を寄せる。

「本当か？　ずっとそばにいてくれるか？」

何度も頷くと、健介は少し安心したように微笑む。知り合ったばかりの頃の優しい健介が戻ってきたようで嬉しくて、祐二は自分の体を彼に開く。

どこもかしこも愛してほしい。自分は愛されているんだと実感したい。東京に出てきてからというもの、自分の存在がどこにあってなんのために生きているのか、見失ってしまうような毎日だった。そんな祐二に人肌の温もりを教えてくれたのは、間違いなく健介だ。股間を擦られて、後ろの窄《すぼ》まりを慣らすように太い指が二本入ってくる。潤滑剤《じゅんかつざい》を使っているとはいえ、呑み込んだものでは物足りないと体が疼《うず》く。慣らされた淫らな体は喘ぎ声とともに、早く大きく硬いもので擦ってとねだってしまう。

「祐二、俺にはおまえだけなんだ……」

そんなことを言われて、心のどこかで安堵している。そして、入ってきたものの大きさに、数え切れないほど抱かれているにもかかわらず声が漏れる。

「んんっ、ああ……っ、ああっ」

健介の熱が薄いゴム越しにはっきりと伝わってきた。やっぱり、自分をこんなふうに愛してくれるのは、健介だけのかもしれない。

勤めているクラブやその帰り道、あるいはコンビニでも声をかけられることはある。健介が半ば馬鹿にして言うように、顔だけは悪くないからか遊びの誘いは少なくなかった。けれど、簡単に言い寄る相手に気持ちを許すことはできない。この乾ききった砂漠のような東京では、容易に人を信じることもできないのだ。

祐二が健介に心を許しているのは、きっと彼が夢に喘いでいるから。そして、挫折して傷つき惨めな自分をもてあましているから。

夢もなく向かう先も見えないままの祐二にとって、健介は一緒にいて惨めにならなくてすむ相手なのかもしれない。そう思うと、自分はひどく残酷でずるい人間のような気がする。

結局は自分の弱さに辟易としながらも、二人は傷を嘗め合って生きているのだ。こんな関係が間違っていると言われても、祐二にはここから逃げ出す勇気がない。機嫌を損ねた健介に殴られるのもいやだし、一人ぼっちになった自分がどうしたらいいのかもわからない。

故郷も家族も捨てて、たった一人で東京に出てきた自分は強い人間だと思っていた。けれど、本当はそうじゃなかった。祐二は健介に体の奥を抉られながら、ぼんやりと昨日の夜のことを思い出していた。

（あの人、傘、見つけたかな……？）

都会に出てきて、初めて出会った少し不思議な人だった。赤の他人の人生を案じて、自分のできることをしようとしてくれて、それでいてなんの見返りも求めないなんてやっぱり奇妙だ。

でも、何も考えず自分の名刺を差し出し、人目を気にせず祐二をホテルに連れていき、あげくに指一本触れることなく帰っていってしまったのだ。

こんな都会の中で信じられる人などいないと思っていたけれど、健介以外ならあの人のことだけは信じられるような気がした。

自分の息子とうまく話ができないと悩んでいる、真面目で優しい父親なのだ。義父との確執に耐え切れず家を飛び出した祐二にしてみれば、自分の父親があんなふうだったらどれほどいいだろうと思う。けれど、それは垣根の向こうの家族の団欒を見て羨《うらや》むようなことで、自分が惨めになるだけだ。

東京にきてからというもの、自分の甘い考えは片っ端から打ち砕かれるような毎日だった。なのに、あの人が言った言葉はじんわりと祐二の心に沁みた。

『挫けずに、頑張りなさいね』

まるで学校の教師のような臭い言葉を、真面目な顔で言ったのだ。

挫けずに頑張りたいけれど、流される自分を止められない。弱い自分が恥ずかしいけれどどうしようもなくて、祐二は今夜も健介の腕の中で啼《な》き乱れる。

「やっぱり、昨日はやってないな」

股間と後ろへの愛撫で先に果てた祐二が吐き出した白濁を見て、健介が満足そうに言う。一週間も出していないそれは、健介を満足させる粘りと濃さだったのだろう。

「だから、言っただろ。俺はもう二度と売りなんかしない。決めた人にしか抱かれないよ」

「そうか。そうだよな。おまえはそういう奴だよ」

何度も頬や額に唇を寄せながら、健介は祐二の中に埋めた自分自身を激しく抜き差ししはじめる。

「ああ……ぅ。んんっ」

たまらず漏れる声を懸命に押し殺す。だが、隣の部屋の住人はとっくに男二人が同棲していて、怪しげな真似をしていることくらい知っている。

「祐二、どこにも行くなよ。俺さ、またアジアに行ってみるから。アジアだけじゃない。中東でも南米でもいい。おまえも一緒に行こう。今度は二人で世界を見て回ろう」

「健介……」

日本しか知らない祐二にとっては、アジアも中東も南米も、全部テレビで見ているだけの場所でしかない。あまりにも遠くて、あまりにも非現実的な話に内心では苦笑を漏らしている。

何もかも遠い夢だ。田舎から出てきた祐二には東京よりも遠い場所など、想像すらできなかった。それよりも現実の確かな明日がほしい。だったら、何もかも捨てて新しい人生を探しにいこうか。

（でも、どこへ……？）

故郷を捨ててやっと東京に出てきたのに、他のどこへ自分自身を探しに行けばいいのだろう。

「俺はさ、おまえが可愛いんだよ。大事にしたいって思ってる」

祐二の胸の内など知る由もない健介のせつない言葉に、身を捩りながら「本当に？」と首を傾げてみせる。

「ああ、本当にそう思っているんだよ。おまえは田舎から出てきたときのまま真っ白で、こんなにもきれいだから、大切にしてやらなけりゃって思っているのにな……」

「そんなことないよ。俺、けっこう汚い仕事もしてきたし、そんなにきれいじゃないこともわかってるよ。田舎にいたときはみんなにちょっとばかりチヤホヤされていたけど、都会じゃ俺なんか誰も見向きもしないもの」

悲しい現実を口にすると、健介はそんなことはないと真剣に首を横に振る。

「そんなことはない。おまえはきれいだよ。なのに、売りをしてこいなんて、俺はどうかしてた。本当にすまない。そんなことはさせないから、俺がおまえを守るから、だからずっとそばにいてくれよ」

酔いから醒めれば、健介は優しい男に戻る。自分の苦悩を抱えながら、それでも懸命に都会の荒波から祐二を守ろうとしてくれる。

酒さえ飲まなければなんて、馬鹿げたことだとわかっていた。祐二は学もないし、しょっちゅう健介に馬鹿にされているように知恵が回る訳でもない。でも、こうやって何度も繰り返される修羅場にはどこにも出口などないことくらい本当はわかっているのだ。

それでも、健介のどこかに隠れている優しさを懸命に探して、縋《すが》りつこうとしている。健介は祐二を馬鹿にしながらも、裏切ることを知らない愚直さを愛しいと思ってくれているのだ。

これも愛と言うのだろうか。そんな愛もあるのだろうか。抱き合えば悲しくて温かい。そして、互いが見つめている先は暗闇の中に沈んでいて何も見えない。

「健介、好きだよ。俺もずっと一緒にいたいから……」

気がつけば、祐二は今夜もまた健介の腕の中でうわ言のように呟いていた。心の底からの言葉かどうかもわからずに、「好き」と言ってしまう。

「祐二、可愛いよ。おまえは、いつもいい子だ」

「うん……。俺、何も悪いことなんかしないもん」

いい子でいるつもりなのに、心の中に重荷が増えていくのはなぜだろう。

「祐二……」

やがていつものように体の奥に健介の熱を感じながら、祐二は体を震わせてもう一度自分も果てた。重なった体の温もりは、都会の孤独を忘れさせてくれる。これが愛だなどと夢見る気持ちは水のように薄まっているのに、それでも目を閉じて口に含んだわずかな甘さを信じようとしている。

健介と違ってほとんど酒は飲めない祐二だが、この関係から抜け出せない自分もまた現実から逃避しているのかもしれない。

祐二を抱いた翌日、健介は久しぶりに仕事に出かけていった。また調査会社から依頼された浮気の現場写真を撮る仕事だったが、金がいいのでしばらくはこれで稼いで、次の旅行に備えると言っていた。

「今度はおまえも連れていってやりたいから、これまで以上に稼がないとな」

「本当に俺も行くの？」

「なんだよ、一緒に行きたくないのか？　世界を見てみたくないのかよ？」

健介は祐二があまり乗り気でないのを見て、ムッとしたように訊いてくる。

「健介と一緒なのは嬉しいけどさ、なんか怖いことがいっぱいあるみたいだし。俺なんか足手まといになりそうで……」

　健介は飢えや内戦で死んでいく人をたくさん見たと言う。東京のような平和な場所でも、こんなにも心が乾いて喘ぎ苦しみながら生きているのに、そんな生死の狭間を彷徨う人たちや過酷な現場を目の当たりにしたらどうなってしまうんだろう。

　健介でさえ一度は深く傷ついて戻ってきた。なのに、自分などきっと耐えられやしない。

「大丈夫だ。そんなにひどいところばかりじゃないさ。きれいな景色もあって、優しい人もいる。今度は貧しくても笑って生きている人の写真を撮りにいく。それなら、いいだろう？」

　そういう場所なら、怖くはないかもしれない。けれど、日本にいても明日をも知れない暮らしをしているのに、異国に行って何ができるんだろう。やっぱり祐二の胸から不安は拭えなかった。

　ただ、せっかくやる気になっている健介の気持ちに水を差すことはしたくない。どんな仕事でもちゃんと働いているほうがいい。もちろん、金のこともあるけれど、カメラを持っていないときの健介は酒に走りがちだから。

　それに、何か仕事をしていれば、そのうち別の仕事で声がかかるかもしれない。カメラマンとしての腕は悪くないと思うから、辛抱して努力していれば健介が望んでいるような仕事の依頼がくることもあるだろう。

その週の健介は真面目に仕事に出かけ、夜も酒を飲むこともなかった。早く帰ってきたときは、夕飯を作ってクラブの仕事から帰ってくる祐二を待っていてくれたりもした。

久しぶりの穏やかな日々に、祐二は健介とつき合い始めた頃のことを思い出していた。どんな仕事をしていてもいい。二人で肩を寄せ合って一緒に生きていくこと。それだけが祐二の目的で、それだけのことがたまらく嬉しかったのだ。

抱き合ったあと、健介の腕の中でうとうとしながら過ごす休みの日も好きだ。何度も額にキスしてくれて、髪を撫でて祐二のことを可愛いと言ってくれる。

「おまえのことをまた撮ってやるよ。きれいな姿のときをいっぱい残しておいてやるから」

健介はそう言って、ときには祐二にカメラを向ける。でも、ゲイ雑誌のグラビアの撮影のときを思い出して、なんだか恥ずかしくなるから祐二はあまり裸の写真を撮られたくはない。

「なんでだよ。あのときもすごく可愛かったけど、今はちょっと顔が大人びてきて、またいい感じになってるしな」

「大人びた？　ちょっとは男らしくなった？」

祐二が嬉しくなってたずねると、健介は奇妙な顔で笑う。

「なんだよ。童顔なのを気にしてたのか？　それがいいって言う奴も多いだろうに。俺もどっちかっていうとそうだしな」

「えっ、そうなの？　じゃ、俺が男っぽくなったら嫌いになる？」

急に心配になって訊くと、健介は笑ってそんなことはないとまたキスしてくれる。そして、ふと思い立ったように祐二を部屋に残して風呂場に入っていったかと思うと、なぜかシェービングクリームとカミソリを持って戻ってきた。

最近伸ばしっぱなしになっている不精髭でもそるのだろうかと思った。だが、健介は祐二に下着を脱ぐように言った。

「えっ、なんで？　またするの？」

さっき抱き合ったばかりなのに、またその気になったのだろうか。もちろん、祐二もいやじゃないけれど、まだ体のほうが回復していない。だが、健介はそうじゃないと首を振って祐二の下着を下ろしてしまうと、そのへんにあった新聞を広げて座れと言う。

「あっ、も、もしかして……」

「そう。おまえのここを剃ってやるよ。ツルツルになったら本当にガキみたいになるだろうな」

「い、いやだよ。そんなの。生えてくるときチクチクして痛くなるし、第一みっともないよ」

祐二が戸惑って逃げようとするが、健介はその手をつかまえて強引にそこに座らせてしまう。

「いいから、やらせろ。それに、これは浮気防止の意味もあるんだ。この間みたいに勝手にどこかに泊まってきたりしないようにな」

「そんな……」

あの日は酔った健介に追い出されただけで外泊なんか本意じゃなかったし、祐二が浮気をしていないことは知っているはずだ。それに、股間の毛を剃ったからといって、浮気の防止になるなんて意味がわからない。

祐二が本気でいやがっても健介は力ずくで押さえ込み、両足を開かされてしまう。カミソリを持っているから、暴れて大切なところに傷をつけられるのが怖い。結局は言われたとおり足を開いてじっとしているしかなくて、シェービングクリームを塗られそのあたりの毛を全部剃られてしまった。

「いいぞ。風呂に行って流してこいよ」

残ったクリームとまばらに皮膚に張りついた毛が気持ち悪くて、祐二は風呂場に飛んでいくとシャワーできれいに股間を流した。見下ろしたそこはすっかり子どものようになっていて、情けないような心許《こころもと》ないような奇妙な気分だった。

ちょっとしょぼくれて祐二が風呂から出てくると、今度はベッドに寝転ぶように言われる。健介の手にはカメラがあった。

「えっ、撮るの？」

「ああ、せっかく可愛くなったから記念に撮ってやるよ」

本当はこんな姿を写真に残すのはいやだった。でも、せっかく健介がカメラを持っているのに、その気を削ぐような真似はできなかった。

裸で言われるままにポーズを取る。どれも股間を晒した扇情的な格好ばかりだ。いくらプライベートな写真といっても、もしこれが健介以外の誰かの目に触れたらと思うと、祐二の表情は硬く強張ってしまう。

「もって色気のある顔をしてみなよ。いつも俺に抱かれているときみたいなさ」

口を半開きにして、自分の乳首を摘み、もう片方の手で股間を握る。言われたとおりにしたら、健介は興が乗ったように、どんどん過激なポーズを言いつけてくるので、しまいに祐二が根を上げてしまった。

「健介、もう恥ずかしいよ。これくらいで勘弁してよ」

「グラビアのときはもっとエロい格好をしてたじゃないか」

そんなことはない。雑誌に載せるためのものだから、性器は見えないようにしていたし、ポーズだってありきたりなものばかりだった。こんなあからさまにセックスを想像させるような格好はしたことがない。

それでも、祐二が半ベソになるのを見て、ようやく健介はカメラを置くと、いい写真が撮れたと褒めてくれた。

「本当に？」

「ああ、きっとおまえも気に入るよ。ちゃんときれいに撮ってやったからな」

いくらきれいに撮れていても、あんな格好の写真は誰にも見せられない。でも、健介は二人の思い出だと言うから、祐二は泣きそうになっていた顔を上げて笑ってみせた。

「俺ね、べつに特別なこととかなくていいんだ。好きな人と一緒にいて、その人にも必要としてもらいたいだけ。自分がいられる場所があればそれでだけで充分だから」

祐二が言うと、健介は欲がないと呆れたように笑う。写真の世界で成功して、いつか金も名声も手に入れてやろうと企んでいる健介にしたら、祐二の望みなどひどく馬鹿馬鹿しく聞こえるのだろう。でも、最初から祐二はそれだけを望んで東京に出てきたのだ。

「おまえは本当に欲がないよな。でも、俺はそれじゃ満足できないんだよ。いつか必ず世の中に俺の腕を認めさせてやる。だから、おまえも俺を信じて待ってろよ」

「うん、そうだね……」

そう言って頷いたけれど、祐二の心は不安ばかりだった。売れていない今でこそ祐二と一緒に暮らしているけれど、もし健介がもしカメラマンとして成功したなら、自分のような退屈な人間には興味を失ってしまうかもしれない。

金回りがよくなれば、こんなしがないアパートにいるわけもないだろうし、どこかに移り住むにしても祐二のことを一緒に連れていってくれるとはかぎらない。

でも、もっと不安に思っているのは、本当に健介がそんなチャンスを手に入れることができるかどうかということだった。頭はよくない祐二でも、都会で暮らしているとぼんやり見えてくるものがある。

それは、成功する人間とそうでない人間の違いだ。あるいは、成功を夢見る人間と実直に生きていく人間の違いだった。

何が幸せか、誰が己の人生に満足して生きているか、そんなことは本人にしかわからないことだ。けれど、世の中にはさまざまな人がいる。何かで成功を夢見ていても、努力してそれをつかむ人と、努力してもそれをつかめない人がいる。また、努力をしているつもりで甘えている人もいれば、努力をしているふりだけで自分や周囲をごまかしている人間もいる。

そうかと思えば、大きな成功など夢見ずに、自分のできることを黙々とやってそれなりの人生を手に入れている人も大勢いる。どこかで夢を諦めたのかもしれないし、最初から分に合ったことをして生きていくことをよしとしていたのかもしれない。

祐二は都会にきていろいろな人を見てきた。利口でもなく、ささやかな夢に縋りつく自分が言うのは間違っているような気がして口にはしないけれど、近頃になって健介はなんだかちょっと違うような気がしている。

才能はあるのかもしれないけれど、どこかで努力の方向が間違っているような気がするのだ。そして、報われない現実に悪態をついてときには酒に逃げ出す。祐二にはその弱さが心配だった。

健介が成功してもそうでなくても、本当に自分たちの未来はあるんだろうか。大きな幸せを追っているわけじゃない祐二は、健介との心の距離を少しずつ感じている。でも、それを言い出せなくて日々が過ぎていく。

(それでも、健介が好きなのは嘘じゃないから……)

そう何度も自分に言い聞かせるように呟く。淫らな格好を見せるのも、恥ずかしいことを強いられて受け入れてしまうのも、それは愛があるから。そうに違いない。そう信じたい祐二だった。

「愛」ってなんだろう。もしかして、やっぱり自分はそんなものを知らないまま、ただ流されていただけなのかもしれない。

そんなふうに思ったことはこれまでだって何度もあった。けれど、近頃はいよいよそういう気がしていて、自分をごまかすのが大変になっていた。

◆◆

（痛いんだよっ、もう……っ）

声にならずに吐き捨てた言葉だが、溜息を漏らした途端切れた口の中がまた痛んだ。でも、痛むのは口の中だけじゃない。体中が痛い。それに、額の右あたりがひどくズキズキする。そこは健介が投げた陶器の灰皿が当たった場所で、そっと手で触れてみたら切れているのか、ピリッとした痛みと同時に指先が濡れる。

血のついた自分の指を見て、祐二は驚くよりもうんざりとした気分になった。

昨日の夜、クラブのバイトから帰ってきたら、また健介が酒を飲んでいた。ここのところずっと真面目に働いて、酒も飲まず、祐二にも優しかった。けれど、調査会社の仕事をしながら、ようやく回ってきた週刊誌のグラビア撮影の話が急にキャンセルになったのだ。

そういうことはよくあることで、そもそもこの話も最初に依頼していたカメラマンの代役として健介のところに回ってきた仕事だった。ところが、そのカメラマンのスケジュール調整ができて、結局健介は弾き出されたということだ。向こうも初めてのカメラマンと仕事をするより、慣れた人間と組むほうがやりやすい。

だが、そんなことで腐っていても仕方がないと思う。祐二でさえそう思うのに、健介はときどき辛抱が足りなくなるのだ。年齢が年齢だから焦りがあるのかもしれないが、それを祐二にぶつけられてもどうすることもできない。

明け方近くまで酒を飲んでくだを巻く健介につき合わされて、疲れて転寝《うたたね》してしまったら殴られた。酔っていると加減がわからなくなるから、顔や体は痣《あざ》だらけだ。そして、最後には殴られても返事もしなくなった祐二に灰皿を投げつけてきた。

さすがにそれをまともに受けるのはヤバイと思い、咄嗟《とっさ》に避けようとしたが避け切れなかった。額に角が当たって、あまりの痛みに泣きながら部屋を飛び出したのが明け方の五時。近頃ではこんな場合に備えて玄関に財布と携帯電話を置いてあるので、その二つだけは持って部屋から逃げてきた。

駅前の店はまだ開いていない。でも、近所の公園には行きたくない。以前所在なく公園の遊具に座っていたら、パトロール中の警官に職務質問をされたことがあるのだ。まして、今日みたいにボロボロの格好でウロウロしていたら、またあれこれと訊かれてしまうかもしれない。

やっぱり、結局こういうときは繁華街へ逃げ込むしかない。街中ならどんな時間でも、どんな格好でも、人が多い分目立つことがない。祐二はまだ通勤で混んでいない電車に乗ると、バイト先のコンビニの近くにある公園に行った。例のハッテン場で有名な場所だが、朝早い時間だとその手の男たちもいないし、ここなら一人でベンチに座っていても奇妙な目で見られることもないので都合がいい。

でも、その前にトイレに行って額の傷を確認しようと思った。あまりひどく血が出ているようなら、洗い流して拭っておかないと午後からのコンビニのバイトにも行けない。

祐二が公衆トイレに入って鏡をのぞき込むと、自分の顔を見てぎょっとした。口の端は切れて血が滲んでいるし、目の下には青痣があり、灰皿の当たった額はざっくりと割れて思った以上に血が浮き上がっていた。伸ばしっぱなしの前髪に隠れてあまり見えていなかったが、赤い筋が頬の端に垂れていて、電車の中で近くにいた人が祐二を奇妙な目で見ていたのも納得できた。

「チェッ。冗談じゃないや……」

そう呟いて、トイレの手洗い場でざぶざぶと顔を洗う。このトイレも夜中には男を漁る男がうろうろしていたり、中には手っ取り早くセックスをしようと個室を使う連中もいる。だが、さすがに早朝だと誰もいなくて助かった。

祐二が洗い終わった顔を上げて水滴を振り払うように首を横に振っていると、表のほうから人の声がした。

「支店長。トイレの清掃はわたしたちがやりますよ。それより、向こうの歩道のゴミ拾いをお願いします」

「いや、いいんだ。歩道のゴミ拾いは女性にお願いしよう。それに、力のある君たちには駐輪違反の自転車の撤去の手伝いをしてもらわないとね。トイレ掃除はわたしのような年寄りでもできるから」

「でも、支店長にそんなこと……」

「どんなことでも、適材適所。やれる者がやれることをやればいいんだよ。じゃ、頼んだからね」

トイレ掃除に誰かが入ってくるとわかって、慌てて自分の着ていたTシャツの裾で濡れた顔をごしごしと拭いた。そして、入ったきた男性に顔を見られないよう俯き加減ですれ違い、その場を離れようとしたときだった。

「あっ、祐二くん……？」

いきなり名前を呼ばれて、ハッとしたように顔を上げた。見ればそこにいたのは、晃一だった。

「せ、関さん……？」

そのとき、祐二は初めて彼の名前を呼んだ。まさかこんなところで顔を合わせるとは思っていなくて、慌てて自分のひどい顔を隠そうとした。だが、晃一はすぐさま祐二の様子がいつもと違うことに気づき、手にしていた掃除用具を放り出して駆け寄ってきた。

「どうしたんだい、この顔は？　ひどい痣だ。それに……」

口元を見てから視線を上向けた晃一が、祐二の額の傷に気がついて息を呑むのがわかった。

「こ、これは……？」

「な、なんでもないよ。昨日の夜、仕事の帰りに変なチンピラに絡まれただけだから」

「本当かい？　また、例の恋人という男がやったんじゃないのか？」

もう会うこともないと思って、この間食事を奢ってもらったときにいろいろ話してしまったことを、祐二はいまさらのように後悔していた。

「違うよ。違うんだ……」

そう言いながら首を横に振っているのに、目からはポロポロと涙がこぼれ落ちてしまう。それを見た晃一がすっかり顔色を変えて、一度トイレの外に出ていったかと思うと、近くにいた者に声をかけている。

「すまないが、ここをまかせてもいいだろうか。ちょっと怪我をしている人がいるので、病院へ連れていく。始業の時間までに間に合わなければ副支店長に連絡を入れるから、通常どおり業務を開始しておいてほしい」

そして、またトイレの中に戻ってきた晃一は、驚くほど強引に祐二の腕を引っぱった。

「あ、あの、ちょっと、待って。ねぇ、どこへ行く気？　俺、病院とかいいよ。これくらい平気だから」

慌てた祐二が言うと、腕を引いて歩いていた晃一が振り返って言った。

「平気じゃないだろう。いいから、黙ってついてきなさい」

それは、驚くほどはっきりとした口調だった。これまで何度か会った晃一とは違い、ちょっと怖いくらいの命令口調に、祐二はすっかり怖気づいてついていくしかなかった。

その場所に着くまで晃一は無言で、祐二も下手ない訳をする機会もなかった。保険証もなく早朝に飛び込んで診察を頼んだのは、繁華街の奥まった場所にある雑居ビルの三階にある医院だった。

診察室にいた医者は、自分のほうが病人のように疲れた顔をしてたずねる。

「おやおや、支店長さんがこんな時間から何やってんだい？」

「そういう先生も、こんな時間にまだここにいるということは徹夜ですか？」

「昨夜、チンピラ同士の小競り合いがあってね。ナイフで刺しちゃうんだからなぁ。まいったよ。縫合して救急病院に搬送しようとしたら、どこも受け入れ拒否でさ。結局ついさっきまで都内の病院に電話しまくって、ようやく練馬の病院にねじ込んだとこだよ」

「相変わらず、大変そうですね」

凄まじい話を聞いて晃一が感心したように言うと、その医師は笑って顔の前で手を振ってみせる。

「この街じゃ、いつものことだよ。で、支店長のほうこそどうしたの？　その子は……？」

医師はすぐに晃一のそばにいる祐二に視線を寄こして訊く。

「診てやってもらえますか。治療費はわたしが払いますから」

「それはいいけど、あんまり厄介ごとに巻き込まれないほうがいいんじゃないの？」

医師の言葉に、この人は訳ありの人間をたくさん治療してきて、あえて晃一にそうアドバイスしているのだとわかった。要するに、祐二はそれくらい胡散臭い人間だと思われているということだ。

「だから、俺は平気だって。これくらいなんでもないし、医者に診てもらうような傷じゃないから」

そう言ってきびすを返して出ていこうとしたが、このときも晃一は驚くほど強引に祐二を止めた。

「そんな怪我をしていて、何が平気なんだ。ちゃんと診てもらいなさい」

優しい人の厳しい口調に、まるで叱られた学校の生徒のようにしゅんとして医師の前に連れ戻される。

「ここ、縫ったほうがいいね。四針くらいかな。他は打撲だね。まぁ、湿布とかでいいか」

医師はそう言うと、自分で棚から縫合用の道具を用意している。

「麻酔するほどでもないから。大丈夫だよ、ちょっとチクッとするだけ。糸を抜けばほとんど痕も残らないよ。君、何か商売しているなら、怪我したのが前髪の下でよかったね」

さすがにこんな街で医者をしているからか、そんな慰めを言ってくれる。とはいえ、たった四針でも縫われると思うと身が硬くなる。

「支店長、ちょっとこの子の肩を押さえてやってくれる。すぐに終わるからね」

医師の言葉に忠実に晃一は祐二の肩を押さえ、切れた額はアッと言う間に縫合された。

「はい、これで抜糸は一週間後。ちゃんときなさいよ。そのときの分の金も支店長にもらっておくからね」

医師はそう言うと、祐二を笑顔で診察椅子から追い立てた。というのも、すでに待合室では酔って喧嘩したのか、ボロ雑巾のようになった男が「痛い、痛い」と腹を押さえながら診察の順番を待っていたから。

診察室から出て、祐二はあらためて晃一の顔を見た。こんな真面目そうな大手都市銀行の支店長が、どうしてこんなヤクザな匂いのする医者を知っていたのだろう。

それも奇妙な話だと思ったが、そもそも早朝に公園のトイレ掃除にやってきたことも不思議だった。それらの疑問をどんな言葉で晃一に訊けばいいのかわからないまま、祐二は額に貼られた絆創膏を何度も指先で撫でていた。

「あのさ、俺ね……」

言いたいことはあるにもかかわらず祐二が口ごもっていると、晃一のほうが先に口を開いた。

「君の連絡先を教えてくれないか。今日、終業後に連絡するから」

「でも、今日は俺も仕事があるんだ……」

「えっ、仕事、見つかったのかい？」

そういえば、この間きちんと働けるところを探しているなんて嘘を言っていた。だから、慌てて首を横に振る。

「あっ、いや、バイトだけどね」

「そう。でも、働く場所があるなら、少しは安心したよ。でも、傷のことが心配だから、とにかく一度連絡を入れるようにするからね」

そんなことをしたら、迷惑になるに決まっている。けれど、さっきの医者の支払いのこともある。保険証もなく診察してもらったのだから、その治療費はきっと高額なものだったに違いない。

食事を奢ってもらったのとは訳が違い、これに関してはきちんと返さなければならないと思っていた。だから、このときばかりは祐二も観念したような気持ちで晃一に自分の携帯電話の番号を教えた。

「じゃ、わたしは仕事に戻るけど、できれば君はゆっくり休んだほうがいい。今夜もまた部屋に戻れそうにないなら、そのときは何時でも電話をしてくれていいからね」

そう言って、雑居ビルの前で祐二と別れた晃一は足早に自分の勤め先である銀行に向かっていった。朝の忙しい時間に、祐二のことで手間を取らせてしまって申し訳なかったと思うけれど、まるで本当の父親か学校の教師のような口調とアドバイスには内心苦笑を漏らしていた。

どこまでも生真面目な人には、祐二の苦境など理解できるわけもない。しょせん、自分たちは生きている世界が違うのだ。

(甘えたら惨めになるだけだもの……)

ちゃんとわかっている。だからこそ、晃一と関わらないようにと己を戒めていたのに、どういうわけか祐二が弱っているときにかぎって彼は目の前に現れる。

今日に至っては、本当に驚いた。公園のトイレなんかでまさか三度《みたび》再会するとは思わなかった。これまでも惨めな姿はさんざん見られてきたのに、なぜか今日ばかりは強がりや生意気な言葉は一言も口にできないままだった。

人に迷惑をかけるなんて本意じゃない。でも、東京での暮らしは祐二にとってときに厳しすぎる。健介のやさぐれた気持ちをどう癒してやればいいのかもわからないし、殴られて傷ついた自分をどうしたらいいのかもわからないままだった。

そんなときいきなり晃一が現れると、甘えては駄目だと思う気持ちと裏腹にどこかでホッとしてしまう自分がいる。

(傷痕くらい平気なのに……)

ちょっとくらい可愛いと言われる顔なんか、今にしてみればたいして役にも立たないと知っている。けれど、医者の言葉を思い出してなんとなく胸を撫で下ろしていた。少なくとも今の仕事はどちらも客商売なので、あまり派手な傷が顔にあるのはよくないだろう。

その日コンビニに行くと、案の定痣の目立つ顔でレジに立たれては困ると言われ、強制的に休みにされてしまった。仕方なく夕方のクラブの仕事の時間までぶらぶらしていたが、部屋に帰る気になれない。すっかり時間を持て余した祐二は街中を歩き回り、暇つぶしに立ち読みをしようと大型書店に入った。

本なんて好きじゃない。健介はよく難しい本を読んでは、その内容についてあれこれ話して聞かせてくれるけれど、祐二には何がなにやらさっぱりわからなかった。

健介が言っているように、祐二はけっして利口じゃない。だから、世の中の多くの人が当たり前のように理解していることが、まるで別の世界のことのように思えてしまうのだ。けれど、この本屋はスペースが広くて、何時間いても誰にも何も言われないのがいい。真冬や真夏など、空調のきいた店内にいると、とりあえず心地よく過ごせる。座れないのが玉《たま》に瑕《きず》だが、そこまではさすがに文句は言えない。

祐二は本も読まないが、漫画もそれほど好きじゃない。子どもの頃からなぜかそれほど漫画やアニメに夢中になるということがなかった。なので、ぶらつくのは美術関係の本があるスペースだ。

そこはいつも人が少なくて、店員の目も届かない。文字を読まなくても見てわかるきれいな写真や絵はそれだけで楽しめる。あるいは、健介と一緒に暮らしているうちに、少しは祐二にもそういうものに対する興味が育ってきたのだろうか。

だが、その日はなんとなく写真や絵画を見る気にはならなかった。値段の高い美術書や写真集はそうそう品物が入れ替わらない。だから、ここにあるもののほとんどに目を通していたこともあって、同じものを見て回る気にならなかったのだ。

だったら、何を見て時間を潰そうかと思ったときだった。写真集の向かいに書に関する棚があった。習字など、美術や写真以上に訳がわからない。そういえば、晃一と最初に会ったのは書の展覧会をやっているギャラリーだった。

晃一は書が好きなのだろうか。それとも、誰か知り合いが出展していて作品を見にきたんだろうか。あるいは、彼自身が書をやっているのかもしれない。

祐二は本棚から大判の「日本の書の世界」というタイトルの本を引き出してきて、両手で抱えながら広げてみる。どのページも難しい字が並んでいるばかり。たまにひらがなも見かけるが、崩してあって首を傾げて見てもなんて書いてあるのか読めやしない。

また別のページはびっしりと細かい記号のような文字で埋め尽くされているし、極端に大きな字とかひどく墨の掠れた字とかもあって、何がどうすごいのかさっぱりわからなかった。

でも、晃一はギャラリーで一つ一つの作品を真剣に見入って、ときには頷いたり微笑んだりしていた。きっと彼にとってはとてもおもしろいものなのだろう。

やっぱり、自分とは住んでいる世界が違う人だと思う。ああいう人はきっと自分の人生にたくさんの余裕があるから、たまたま見かけた可哀想な人間に心をかけることもできるのだ。息子のことで悩んでいると言っていたけれど、それもまた優しい父親と、スポーツに励むりっぱな息子との羨ましい関係だ。

祐二と義父のような絶望的な関係の親子だって世の中にはたくさんいるのだから、晃一の悩みなどしょせん幸せな家庭にできた小さな沁《し》みのようなものなんだろう。

重い書の本を閉じると、祐二は本屋を出てファミリーレストランに入り、夕方まで時間を潰してからクラブに行った。だが、クラブでも祐二の顔を見るなり今夜はいいと言われてしまった。コンビニと違って店内が暗いから怪我や痣も目立たないだろうと思ったが、夜の店でもやっぱりあまりにも見栄えが悪いと思われたようだ。

「うちは普通のリーマンの客が多いからさ、その顔で給仕されるとなんかヤバイ店かもって思われると困るんだよね」

なので、絆創膏《ばんそうこう》を貼っている前髪で隠れている額の傷はともかく、頬の痣と口元の傷が治ってから出てくるようにとマスターに言われた。

当然、その分の給料はもらえないから、今月はいつも以上に生活が厳しいことになる。

踏んだり蹴ったりだと肩を落としてクラブの裏口から出てきた祐二は、これ以上外をうろついていることもできなくて、健介の待っている部屋に戻ることにした。

だが、その前に思い立って携帯電話を取り出すと、電話帳の中から今日教えてもらった晃一の番号を見る。

七時過ぎだからもう仕事は終わっていると思う。とっくに帰宅してしまっただろうか。いずれにしても、今朝のお礼を言って、今から部屋に戻ると話すつもりだった。

きっとまた心配してくれると思うけれど、治療費のことについてもちゃんと相談しなければならない。祐二が思いきって番号を押すと、すぐに晃一が出た。

「あの、祐二です」

そう名乗っただけで、晃一は今どこにいるのかと訊いてきた。

「今朝の公園。今から部屋に戻ろうと思って……」

『バイトはもう終わったの？』

「ううん。ひどい顔だから、今日は出なくていいって言われた。コンビニとクラブのバーテンだけど、一応どっちも客商売だから」

そうかと呟く晃一の声色だけで、また心配そうにしているのが伝わってくる。

『あの、あと二十分ほど待ってもらえないだろうか。今ちょうどデスクの片付けをしているので、それくらいで公園まで行けると思うんだが……』

「えっ、ここにくるの？」

祐二が意外そうな声を出したので、晃一がちょっと困ったように「駄目だろうか？」と遠慮気味にたずねる。むしろ、すぐに部屋に帰りたくない祐二には二、三十分くらいここで待つことなんてなんでもない。ただ、これ以上晃一にかかわって、彼に面倒をかけるのが申し訳ない気がしたのだ。

「俺はいいけど、関さんは忙しいんじゃないの？」

『いや、いいんだよ。本当に一区切りついたところだから。じゃ、二十分くらいで必ず行くからね』

それだけ言うと電話は切れた。なんだか忙しそうなのに、自分が無理を言ったような気持ちになって、祐二は少しだけ電話をしたことを後悔した。でも、晃一が自分に会いにきてくれると思うと、なんだか嬉しいと思う気持ちもある。

晃一と一緒にいると、すごくホッとできる。この人は絶対に自分を傷つけない人だとわかるから。

さっきまで部屋に戻ることを思って気が重かったのに、急に気持ちが軽くなっている。現金なもので、ベンチに座っているうちに、浮かした足をぶらぶらと振って晃一を待っている自分がいた。

そして、ぴったり二十分後、晃一が公園の中に入ってくるのが見えた。

「待たせて申し訳ない。で、怪我の具合はどうだい？　痛みは少しおさまったかな？」

祐二の顔を見るなり傷のことを案じてくれる。

「平気。もらった痛み止めも飲んだし」

「そう。よかった。それで、夕食は？」

食欲などなくて何も食べていなかったから、首を横に振る。すると、晃一はすぐに何か食べようかと誘ってくれる。本当になんの下心もないのに、どうしてこの人はこんなにも親切にしてくれるんだろう。

不思議に思いながら、祐二は小さな声で言った。

「いつもご馳走してもらって悪いから、今夜はいいよ」

「でも、食べないと体がもたないよ。わたしも今日は残業になるから、妻には食事の用意はいいと言ってある。何か食べて帰らないと、夕食抜きになってしまうんだよ」

そんなふうに言う晃一の言葉に、彼の嘘と優しさが隠れている。食事はいらないと言うほど残業の予定があったのなら、二十分前に仕事が片付いたというのは嘘だ。もし、本当に仕事が片付いていて残業の予定などなかったなら、奥さんに夕飯はいらないなどと言ってきていないはずだ。

だから、祐二は晃一の顔を見ずに訊いてみる。

「あのさ、今日は財布持ってきたし、少しくらいならお金もあるから、俺が関さんにご馳走してもいい？」

「えっ、君が？」

驚いたのは無理もないと思う。ギャラリーでお菓子を勝手に食べていたり、自分の治療費も払えないのに、何を言っているのだろうと思っているはずだ。だから、祐二は恥ずかしい気持ちをごまかすように、ちょっと笑いながら言う。

「でも、高い店とか無理だから、牛丼とかでもいいんだったらだけど」

すぐそこにチェーン店の牛丼屋がある。店の前にはのぼりが立っていて、「牛丼、今なら二百八十円」と大きく書かれている。それなら、祐二にだってちゃんと二人分支払える。

それを聞いて、晃一はむしろ安心したように頷く。

「ああ、いいね。そうしようか。わたしも今夜はそういう簡単なものがいいと思っていたんだ」

不器用だけど、やっぱり優しい返事だと思った。

そして、二人は一緒に店に入ると牛丼を頼み、それだけではあんまりだと思った祐二がトン汁と冷奴を二人分つけてくれるように言った。

「なんだか、急に豪勢になったね」

他の人が言えば嫌味に聞こえる言葉も、晃一の顔を見るとにっこりと心から笑っているのがわかる。本当に育ちのいい人というのは、こういうものなのかもしれない。おいしいものも知っている反面、出されたものをなんでも感謝して食べられるのだろう。

牛丼を食べながら、祐二はそのとき自分がずいぶん空腹だったことに気がついた。さっきまでまた健介のところへ戻るのかと思うと、バイトがなくなってもどこかに立ち寄って、何かを食べようという気にさえならなかった。

でも、今はカウンターで晃一と肩を並べて食べている牛丼がたまらなくおいしく感じられた。二人してきれいに食べ終えると、晃一はまた心配そうにたずねる。

「本当にご馳走になってもいいのかい？　なんだか申し訳ないね」

自分はここの食事代の何倍もの金を祐二のために使っているのに、本気で恐縮しているのがおかしかった。

祐二がほとんど電車賃しか残っていない財布から支払いをすませて、晃一と一緒に店を出るとどちらからともなく駅のほうへと向かって歩き出した。

晃一は祐二の様子を確認し食事もしたから、あとは帰るだけだ。祐二もバイトがないのだから、これ以上夜の繁華街をウロウロしていてもしょうがない。

二人はゆっくりと歩きながら、ときどき相手の顔を見ては小さく笑う。

「あのさ、どうして今朝は公園のトイレにきたの？」

どう見ても用を足しにきたとは思えないし、清掃がどうのこうのと言っていたはずだ。たずねた祐二に晃一はその事情を話してくれる。

「あの近くで店舗を構えている企業や個人商店で、社会奉仕活動というのを行っていてね。うちの銀行もその活動に参加しているんだよ。なので、月に一度地域の清掃を早朝にすることになっているんだ」

それで、公園の清掃とその周辺の不法駐輪の自転車の撤去作業の手伝いをしていたらしい。

「支店長さんなのに、トイレ掃除？」

祐二が少し笑って訊いた。晃一も同じように笑って答える。

「自転車の撤去は若い力のある連中のほうがいいだろう。女性の行員には周囲の道路のゴミ拾いをお願いしていたので、トイレ掃除は手の空いているわたしがやればいいと思ってね」

そうやって人が一番いやがる仕事を自分からやるなんて、それだけでも偉いと思う。それればかりか、晃一は部下が気遣うことのないよう、ちゃんとそれぞれに適した仕事を与えているのだから、きっと職場でも信頼されている支店長なのだと思った。

「それより、一週間後にはちゃんと先生のところに行って抜糸《ばっし》をしてもらうんだよ。あまり傷痕が残らないといいけどね。君はせっかくきれいな顔をしているんだから」

晃一にそう言われて、祐二はなぜか頬が赤くなるのを感じていた。これまでも健介に「顔だけは悪くない」と言われてきたけれど、そんな言葉には耳が麻痺《まひ》したように何も感じなくなっていた。しょせん、自分程度の見栄えの男はいくらでもいる。そう自覚もしていた。

なのに、晃一のような人にそのことを口にされると、きっと嘘も偽りもなくそう思ってくれているんだと感じられたから、照れくさくなってしまったのだ。

祐二は自分の頬が赤いのを気づかれないようにと、俯き加減で慌てて話題を変える。

「そういえば、あのお医者さん、ちょっと変わってたよね。っていうか、関さんはどうしてあの病院を知っていたの?」

チンピラの喧嘩の傷を治療して、徹夜で受け入れ病院を探していたり、早朝にもかかわらず待合室にも怪しげな患者が何人かいた。誰も保険証など持ってまともに診察を受けにきた人には思えなくて、ずいぶんと奇妙な病院だと思った。

もっとも、そこへ連れられていった祐二も同じようなものなのだが、晃一があんな病院を知っていたのが不思議だったのだ。

「ああ、あの先生ね。昔は国連の難民支援の医療チームにいた人でね。その頃にうちの銀行ではボランティアの一環として彼らの活動に対して資金援助していたこともあって、そのときに知り合った人なんだよ」

だが、彼が組織の中での医療活動に限界を感じて日本に帰国していたとき、ふと自分の国の現状を見て驚いた。これだけ裕福になった日本でありながら、さまざまな事情で病の治療を受けられない人がいる現実に気がついたというのだ。

「だったら、まずは自分の国の人を救わなければと思い、あの場所に借金してまで開院してね。いろいろと訳ありの人や、本当に困っている人の治療にあたっているんだよ」

そういう志で始めた病院なので、儲けなど度外視しているため常に家賃にも逼迫《ひっぱく》しているらしい。

「わたしなど自分のことで精一杯なものだから、彼のようなりっぱな人間を見ているといつも恥じ入ってしまうんだ」

そんなことはないと思う。祐二みたいなどこの馬の骨ともわからない人間に、こんなにも情けをかけてくれた人は他にはいない。充分すぎるほど、晃一だってりっぱな人だと思う。

祐二がそのことを拙《つたな》い言葉でなんとか伝えようとすると、晃一はちょっと気恥ずかしそうにして、小さく頷いていた。こうして何度も頷くのは、何かに納得したり、相手とコミュニケーションするときの彼の小さな癖なのかもしれない。

そんな話をしているうちに駅前までやってきて、二人は向かい合って立つ。これからのことを話そうとして、祐二は何度も頭の中で言葉を整理していた。言わなければならないことはたくさんある。でも、一番気になっているのは今朝の治療費のことだ。

「今月はちょっと無理だけど、来月の給料が入ったら治療費は必ず返すから。それまで、待ってください。お願いします」

そう言って頭を下げると、晃一は慌てて首を横に振る。

「いいんだよ。治療費のことは気にしなくても。言っただろう。ああいう先生だから、事情がわかればそんなに高額な治療費を請求したりはしない人だから」

ここでもまた晃一の優しい嘘が見え隠れする。

あの先生がりっぱなのはわかったけれど、金に困っていることもわかっていた。そんな医者に晃一はなんらかの形で支援できればいいと思っているはずだ。保険証のない祐二という患者を連れていったのだから、彼の医院を助ける意味でも充分高額な治療費を払ったのだと思う。

でも、祐二もこの治療費だけは晃一の親切に甘えるわけにはいかなかった。自分は保険証こそ持っていないけれど、ちゃんと働いて東京で生計を立てている身だ。他の怪しげな人たちと一緒にされるのは心外だという思いと同時に、心の中でチクチクと小さく逆立つ思いがある。それは、そこまで哀れに思われたくはないという、そこはかとない悔しさだった。

「俺、ちゃんと返すよ。今度抜糸に先生のところへ行ったとき、関さんがいくら払ってくれたか訊くつもりだから」

そんな頑なな祐二の態度を見て、晃一はちょっと困ったように笑う。

「でも、バイトはしばらく休まなければならないんだろう。あまり無理をしないほうがいいよ」

祐二の事情を察したように言うので、子どもの虚勢が大人に見透かされたような気持ちになった。それは、ちょっとだけ残っていた祐二のプライドが、小さく音を立てて割れた瞬間だった。

「コンビニとかクラブのバイトはできなくても、他のことをやればいいだけだから」

どこか開き直ったように祐二が言った。

「他のこと？」

「うん、そう。馬鹿だけど、顔と体だけでできる仕事もあるもの。たとえば、売りとかね」

吐き捨てるように小さな声で言ったあと、祐二は晃一の顔を見ないで言葉を続けた。

「でも、もしよかったら関さんが最初の客になって、俺のこと一晩買ってくれてもいいよ」

そういうことを口にしたら駄目だとわかっているのに、どうしようもない気持ちで言ってしまった。

「男が初めてでも大丈夫だから。誰だって初めてってあるし、俺はそこそこ慣れてるしさ」

「いや、違うだろう。恋人と……、その抱き合うのと、そうじゃない人とそういうことになったら、それはやっぱり駄目だと思う。ましてや、お金のためなんて……。つまり、その、何が言いたいかと言うとだね……」

だんだんしどろもどろになっていく晃一に、祐二はそっと体を寄せた。

「俺、病気もないし、口も堅いから大丈夫だよ。関さんにはいっぱい世話になったから、ホテル代だけでいいし、どうしても男が駄目なら目をつぶっていたらいいよ。俺が全部やって、ちゃんと気持ちよくしてあげるからさ」

密着していく体と体に、大の大人の晃一が怖気づいたように身を引いた。

「やめなさい。どうしてそんなことを言うんだ。君はそういう真似はしないと言っていただろう」

「うん。もうしないつもりだった。でも……」

戸惑う晃一の胸に痣のある頬を寄せて、彼のスーツにしがみついた。駅前だということも彼の立場も忘れていた。ただ、今はこんなふうにしか彼を引きとめる術を知らなかったのだ。

「祐二くん……」

健介以外で自分を名前で呼んでくれる人の声は、涙がこぼれそうになるくらい温かかった。そして、晃一の手がそっと自分の頬に触れたとき、そこにわずかな熱を感じて祐二は思わぬ弱音を吐いていた。

「俺、あの部屋に帰りたくない。でも、一人になるのもいやだ」

なんでそんな言葉が出てしまったのかわからない。きっと心も体も疲れきっていて、どうしようもなかったのだと思う。でも、これ以上晃一を困らせることは本意じゃない。祐二は彼の胸の中で大きく一つ深呼吸をすると、自ら体を離して言った。

「なぁんてね。ちょっとふざけただけ。びっくりした?」

笑って言うと、晃一が一瞬驚いた顔になったが、すぐにいつもの真面目で誠実な彼の表情になる。じっと見られたら、きっと自分の強がりなど簡単に見破られてしまう。それがわかっていたから、祐二は素早く身を翻《ひるがえ》しながら言う。

「じゃ、俺、もう行くね」

だが、その場を離れることはできなかった。それは、晃一の手が祐二の二の腕を一瞬早くつかんでいたから。

「待ちなさい。帰りたくないのに、帰ることはないだろう」

そう言ったかと思うと、晃一は強引に祐二の手を引いて歩き出す。

「ど、どこへ行くの？」

たずねてもすぐに晃一の答えは返ってこなかった。ふざけた態度に腹を立てたのだろうか。こんなにも親切にしてもらったのに、からかうようなことを言って嫌われたのかもしれない。そう思うと、祐二は自分でも驚くほどに悲しい気持ちになって、自然と涙がボロボロと溢れて出てきた。それと同時に、何度も「ごめんなさい」と詫びの言葉を口にしていた。

「謝らなくていい。悪いのは君じゃない。どうして君のようにいい子が、そんなふうに苦しまなければならないんだろう。わたしにはわからないよ」

晃一はそういうと、先日祐二が泊まったビジネスホテルまでやってきて言った。

「そんな怪我しているんだ。恋人と揉めるくらいなら、今夜はここでゆっくりしなさい」

また、祐二のために部屋を取ってくれるつもりなんだろうか。そんなことはさせられないし、してほしくない。祐二は懸命に自分を取り繕《つくろ》って部屋に戻るからと言い張ったが、晃一はもはや取り合ってくれなかった。

「おいで。一緒に部屋に行くから」

チェックインを済ませると、そう言って祐二をつれてエレベーターに乗る。この間は祐二に部屋の鍵だけを渡して、自分はさっさと帰ってしまったのに、今夜は一緒に部屋までくるつもりらしい。

もしかして、本当に抱く気になったんだろうか。隠していたけれど、晃一の心の奥にあるのは、やっぱりそういう感情なんだろうかと思った。

でも、それならそれでいい。売りなんかしたくないし、するつもりもなかった。けれど、こんなにも親切にしてもらった晃一に抱かれるのなら、それは「売り」ではなくて、「恩返し」だと思った。

ダブルのベッドがある部屋は、この間泊まった部屋よりも若干広い。一緒に部屋に入って、まずはベッドを確認してしまうあさましさを恥じながらも、祐二は自分のシャツのボてみせる。

「あの、やるつもりなら、シャワー、先に浴びる？　それとも一緒がいい？」

恋人がいるにもかかわらずそうやって誘う祐二を見て、晃一は困ったように頭を抱えてみせる。

「そんなことはいいから、ここへ座りなさい」

普段の彼らしい教師のような口調で言うので、祐二はきょとんとしたまま言われたとおり窓際のソファに腰掛けた。向かいに座っている晃一は、何をどう説明しようかと少し考え込んでいるようだった。そんな彼がやがては意を決したように口を開く。

「わたしは、そんなつもりで一緒に部屋まできたんじゃない。どうも君はヤケになっているみたいだから、説得するためにきたんだよ」

「え……っ？」

「だから、君には金のために体を売るような真似をしてほしくないと言っているんだ」

いきなり説教を始めたかと思うと最も恥じている行為を諭《さと》されて、祐二は自然と頬が熱くなっていくのをどうすることもできなかった。

「もちろん、いろいろと辛いことがあるのはわかっているよ。たった一人で都会に出てきて頑張っているんだから、それだけでも充分にりっぱだ。それに、恋人とのことでも君はずいぶんと苦労している」

そう言われて、祐二は小さく首を横に振った。確かに、健介にはさんざんな目に遭わされているけれど、彼だけを悪者にするわけにはいかないと思う。でも、本当は悪い男に引っかかったと晃一に哀れまれたくないという思いもあった。

そんな祐二の胸の内など知る由もなく、晃一は真剣な顔で話を続ける。

「一度好きになった人だから、問題があってもずっと寄り添っていたい気持ちはよくわかるよ。多分、夫婦と同じなんだろうね。男同士のことはよくわからないが、一緒にいると情というものが湧くのだと思う。ただ、互いが傷つけ合うような関係はやっぱりよくない。まして、君がヤケになって体を売ろうとするなんて、絶対に駄目だ」

「ご、ごめんなさい……」

気がつけば、真っ赤になった顔を懸命に下げて謝っていた。恥ずかしくてどうしようもない。健介に会ってからは売りだけはしないと決めていたのに、東京に出てきてから出会った一番優しい人に対して、一番みっともなくて情けない姿をさらけ出している。

「謝ることはないよ。若いんだから間違うこともある。そうやって、何度も失敗しながら、世の中を学んでいくもんだよ」

切々と説くように話す晃一は、スーツ姿の真面目な銀行員というよりも、優しくて厳しい父親の姿だった。祐二が一度も経験したことのない、親身な言葉を言ってくれる父親。でも、そんなふうに見ていると知ったら、晃一はきっと迷惑に思うだろう。

だから、その気持ちは胸の中にしまっておいたまま、彼の言葉に何度も素直に頷く。ようやく祐二の気持ちも落ち着いて、さっきまでの自暴自棄な態度も見られなくなったと思ったのか、晃一の表情にもいつもの優しい笑顔が戻っていた。それでも、しばらくは祐二の様子を黙って見つめていたが、腕時計で時間を確認するとソファから立ち上がる。

「じゃ、わたしはこれで帰るけれど、医者から処方された薬はちゃんと飲むんだよ。それから、頬の痣は冷たいタオルでよく冷やしなさい。少しでも早く痣が消えて、ちゃんと仕事に行けるといいね」

今夜もそう言って帰っていこうとするので、祐二が慌てて立ち上がりその腕を引いて止めた。

「待って。お願い、もう少し一緒にいてほしい……」

一人になったら、また寂しさや絶望が大波のようになって押し寄せてくる気がして怖かったのだ。微かに震えている祐二の姿を見て、晃一はドアの前で立ち止まったままちょっと困ったように微笑む。

「ごめんなさい。わがまま言ってるよね。こんなに親切にしてもらっておいて、まだ甘えたことを言ってるなんて……」

こんなことでは、今度こそかかわってしまったことを面倒に思われてしまう。都会に出てきてから嫌な人間にもたくさん会ってきて、こんな連中にならなんて思われてもいいと投げやりな態度を取るようなことも多々あった。けれど、せっかく出会った「いい人」にまで、どうしようもない人間だと思われたくはない。

だが、晃一は手を振りほどくこともなく部屋の中まで戻ってくると、祐二をそっとベッドに座らせる。

「じゃ、君がもう少し落ち着くまでここにいよう」

そう言って自分も祐二の隣に腰掛けた。二の腕と二の腕がくっつくほどの距離だ。祐二は晃一の整髪剤の匂いをかいで、健介とは違うもっと大人の匂いだと思った。街中ですれ違うサラリーマンで、仕事に疲れだらしなく歩いている人はたくさん見かける。

でも、晃一はいつ会っても背筋が伸びているし、ネクタイを緩めていることもない。歳相応に皺が刻まれた顔は、やや下がり気味の目じりの印象もあっていつもは穏やかで優しげだが、ときには厳しい表情も見せる。鼻筋が通り、きちんと閉じられている唇は少し薄い。今も素敵な中年だと思うが、きっと若い頃はすごくハンサムだったんだろう。晃一の心を射止めた奥さんはどんな人なんだろう。それに、娘と息子も彼に似てきれいな顔をしているんだろうか。

祐二は晃一についていろいろと考えているうちに、彼の二の腕にそっと頭を寄せた。すると、晃一が隣から手を伸ばしてきて、祐二の膝を軽く叩く。

「疲れているのなら、横になりなさい。大丈夫、まだここにいるからね」

「本当に？」

晃一が頷いたので、祐二は上半身をゆっくりとベッドに倒し、横向きになって晃一の顔を見上げる。晃一も少し体を斜めにして祐二のことを見ていた。

「眠れそうかい？」

「わからない。でも、少しだけ不安な気持ちがなくなった気がする」

「そうか。それはよかった」

晃一がまた優しく微笑む。この笑顔を見ていると、とても心が落ち着く。こんな父親を持っている晃一の息子が本当に羨ましい。生まれ変わるなら、今度は晃一の子どもになってみたい。

そんな馬鹿げた夢を思い描きながら、祐二は静かに瞼《まぶた》を閉じる。でも、晃一が帰ってしまうのが怖くて、片手ではしっかりと彼のスーツのジャケットの裾を握ったままだった。

◆◆

あれからどのくらい経って眠ってしまったのだろう。目を覚ましたとき、晃一はとっくに帰っていた。当然と言えば当然なのだけれど、やっぱりちょっとがっかりした。

でも、テーブルの上にはメモ書きがあって、困ったことがあったらいつでも連絡するようにとあった。彼の携帯電話の番号も知っていたけれど、このメモのおかげで連絡を躊躇する気持ちが薄れる。ただ、何かに困って連絡をするつもりはなかった。

二度目の外泊から戻ると、このときも健介は祐二の顔を見て気まずそうに詫びの言葉を言った。そして、もう二度と乱暴なことはしないから言いながら、体を抱き締めてきた。

「ごめんな。額の絆創膏はどうしたんだ？」

「バイト先のオーナーが手当てしてくれた」

嘘をついたのは晃一のことを話したくなかったから。酒を飲むと売りをしてこいなどと乱暴なことを言うくせに、素面《しらふ》のときは案外嫉妬深い。祐二が外泊するのも嫌うし、休日に一人で出かけてもいい顔をしない。だから、親切な人に病院に連れていってもらったなどといえば、きっと彼のことを根掘り葉掘り聞き出そうとするはずだ。そして、本当のことを知ったら、晃一の親切心を疑うに決まっている。

彼のことをとやかく言われるのはいやだし、晃一とのことは自分だけの秘密にしておきたい。祐二が健介と一緒に暮らすようになってから、彼の機嫌をとりたくて小さな嘘はいくつもついてきた。でも、こんなふうに秘密を持ったのは初めてのことだった。

「痛いか？」

心配そうに絆創膏を突《つつ》くので、祐二はちょっと顔をしかめながらも平気と答える。でも、本当は平気じゃない。絆創膏の下には四針だけとはいえ縫合のあとがある。それを見られたら病院へ行ったことがばれるから、抜糸までは健介の前で額を晒すわけにはいかなくなった。

「昨日はまたファミレスか？」

「うん。コーヒー、お代わりしすぎてお腹がガブガブになっちゃったよ」

「そうか。悪かったな。飯作ってあるから喰えよ」

そう言って、健介はフライパンに作ってあったチャーハンを皿によそってレンジで温めてくれた。油のまわったチャーハンはたいしておいしくもなかったけれど、大きな体の健介が目の前に座って祐二が食べるのを見ているから、笑ってそれを全部たいらげた。

そのあと、一緒に風呂に入ろうと言うので、健介に先に入っていてもらい、自分は額の傷が濡れないように絆創膏の上からビニールを貼りつけて風呂場に行った。

狭い風呂の中で抱き合って体は温まったけれど、心はどんなに身を寄り添わせても温まらない。こんなことを繰り返していては駄目だ。祐二にもわかっている。けれど、ここから抜け出すきっかけがない。それに一人になることを怯える気持ちは捨てきれない。

『男同士のことはよくわからないが、一緒にいると情というものが湧くものだと思う。ただ、互いが傷つけ合うような関係はやっぱりよくない』

晃一の言った言葉が祐二の中に深く突き刺さっている。これまで周囲の人が誰も言ってくれなかった言葉だった。みんな心の中で思っていても、そこまで他人の関係に入り込んでまで忠告をするほど暇じゃない。面倒なことは避けて、適当に耳障りのいいことしか言わないものだ。

なのに、晃一だけは違う。耳に痛いことでも、はっきりと言ってくれる。だから、近頃の祐二は少しばかり本気で考えている。健介との関係はこのままじゃ駄目だ。どこかで勇気を持たなければ、きっと自分の明日はどこにも見えはしないと思う。

抜糸の日まで絆創膏を外しても、ずっとバンドエイドを貼って縫った糸が見えないようにしていた。顔の痣も冷たいタオルで何度も冷やしたので、結局もう一日休んだだけでバイトには復帰できた。

それから三日ほどして言われていたとおり病院へ行き、糸を抜いてもらった。傷痕もほとんど残っていないと言われて鏡を見たら、小さな薄い線が一本あるだけだった。

どうせ前髪で隠れているし、これくらいの傷なら目立たなくて客商売も平気だ。それより、祐二が気になっていたのは晃一が支払った治療費の金額だ。

処置室を出て受付にいる年配の女性にたずねると、彼女はカルテを見て三万円ほど払われていることを教えてくれた。

治療費の三万円とビジネスホテルに泊まった二泊分の代金が、おそらく二万円くらい。合わせて五万円。全部まとめて返すことはできないが一ヶ月に一万円ずつでもと思い、その月からは午後からのコンビニのバイトを二時間ほど早く入らせてもらうようにした。

たとえ二時間分でも今の祐二には大きい。いつもより早くに部屋を出ていくようになったのを見て、健介は少し奇妙な顔をしていたが、コンビニのバイトのシフトが変わったからと言えばそれ以上は追及してこなかった。

そして、晃一と最後に会った日から二週間が過ぎて、ようやく今月の給料日がやってきた。

祐二はその日の夕方、クラブのバイトに行く前に晃一の携帯電話に連絡を入れた。夕方の六時。きっとまだ銀行で仕事中だと思う。でも、とりあえず連絡だけは入れておきたい。ちょっと緊張しながら番号を押すと、すぐに晃一の声が返ってくる。

「祐二くん？　ああ、よかった。ずっと連絡がないから、わたしから電話をしようと思っていたところなんだよ」

『本当に？』

晃一は人当たりがいいけれど、けっして社交辞令だけでそんなことを口にする人じゃない。だから、祐二はホッとしたように言った。

「あのね、給料が入ったから治療費の一部だけでも返そうと思って。都合のいい日とか時間とかを教えてもらえたら、どこかで会って渡したいんだ」

祐二の言葉に晃一はちょっと驚いたように呟いた。

『本当にその件はよかったのに……』

「駄目だよ。俺だってちゃんと働いているんだから、人に迷惑かけたままじゃいられないしね」

『そう。じゃ、そうだな、今どこにいるの？』

祐二がいつもの駅前の公園にいて、七時からクラブのバイトがあることを告げる。すると、まだ残業中だったらしい晃一はコーヒーを買いがてら少しだけ外に出るから、そのまま公園で待っているようにと言う。

「わかった。じゃ、あとで」

それだけ言って電話を切ると、祐二は公園のベンチに腰掛けて晃一がやってくるの待つ。その間に財布から一万円札を一枚出して、コンビニのＡＴＭマシーンの横から取ってきた封筒に入れる。そうしているうちに、晃一が近くカフェの紙袋を片手にやってくるのが見えた。

「こんばんは。あれからどう？　元気にしていたかい？　それから、傷の具合はどうかな？」

晃一がたずねたので、祐二はにっこり笑って前髪を上げて見せた。

「もう抜糸もしてもらったんだ。それより、これ。一万円だけだけど先に返しておくね」

祐二が封筒を差し出すと、晃一がまた心配そうにこちらを見る。

「本当にもらっても大丈夫なのかな？　生活費は苦しくならないかい？」

「平気。バイトの時間を増やしたから」

「そう。でも、あまり無理をしないようにね。若いときはついつい自分の健康と体力を過信して、無理をしてしまうものだから」

そう優しく諭すと、祐二の差し出した封筒を受け取って言う。

「じゃ、これはありがたくいただいておくよ」

晃一が金を受け取ってくれたことで、祐二はほんの少しだけ肩の荷が下りたような気持ちになっていた。これまで一方的に哀れまれていただけの自分だけれど、ちゃんと働いて借りたものは返せる人間だと証明できたようで嬉しかったのだ。

「七時からバイトだと言っていたけれど、少しくらい時間はあるかい？」

晃一は封筒をスーツの内ポケットに入れると、紙袋からコーヒーを出してきて祐二に渡す。自分の分を買うときに一つ余分に買ってきたという。祐二は礼を言ってそれを受け取ると、二人はならんで夕暮れのベンチに腰掛けた。

ハッテン場とはいっても、まだこの時間はそれほどその手の人がウロウロしているわけではない。最寄り駅への近道にもなっているので、帰宅の途中のサラリーマンやＯＬの姿も見かける。

「あれから恋人とは喧嘩はしてない？　うまくやっているのかな？」

「相変わらず。でも、今は酒を控えて仕事にも行ってくれているから、少しはいいかな」

取り立てて進展もなく、かといって二人の関係を清算するふんぎりもつかないでいる。それは、やっぱり自分が弱いからだとわかっているけれど、晃一にそのことをうまく説明することはできそうにない。

なので、祐二はもらったコーヒーを一口飲むと、さりげなく話題を変える。

「あのさ、俺、この間本屋で書道の本を見たんだ。難しい字が崩して書いてあって、何がなんだかよくわからなかったけど、関さんはああいうのを見るのが好きなの？　ギャラリーとかにもよく行くの？」

「あのときの展覧会は古くからの知り合いが出展していたんだよ。わたしも拙いながらも書はやっているのでね」

「関さんも、あんなふうに読めないような字を書くの？」

祐二が言うと、晃一は珍しく声を上げて笑う。

「読めないというか、一応きまりのようなものがあって崩しているんだけどね。もちろん、ああいう字だけでなくて、誰でも読めるような楷書《かいしょ》の練習もするし、そういう作品もあるよ」

楷書というのはどこかで聞いたような気もする。けれど、祐二にとっての書道は、小学校の低学年の授業でやっただけのものだった。

わかったようなわからないような顔でいると、晃一は簡単に書道のことを説明してくれる。

中国が起源であり、日本では飛鳥の時代から文字を書くことは教養と文化の象徴のようなものだったそうだ。やがて仏教の伝来により写経《しゃきょう》が盛行し、日本独自のかな文字ができ、それらが脈々と近代まで受け継がれているのだという。

「現在の書道は明治中期に書家を束ねる団体が初めてできて、その下で学校教育などにも取り入れられ発展してきたんだよ。祐二くんも小学校では習字の授業があっただろう？」

祐二が頷くと、晃一は楽しそうに話を続ける。

「日本人は誰もが一度は筆を握って、墨で字を書いている。漢字もかな文字も気持ちをこめて書けば、それは美しいものだよ。もっとも、今では形式にとらわれず自由に書を楽しむ人もいる。墨を使って、文字を書く。それだけがルールといえば、もっとわかりやすいかな」

ぐにゃぐにゃと書かれた文字を美しいとは思えないけれど、晃一が書道に対して大きな思い入れがあることはなんとなくわかった。健介はカメラを使って芸術的な写真を撮りたいと思っているが、晃一もまた墨で書く文字に美を感じているということなんだろう。

そんな話をしているうちに二十分ほどが過ぎていた。祐二はそろそろクラブのバイトへ行かなければならないし、晃一も残業の途中に抜け出してきたので銀行に戻らなければならない。

二人はベンチから立ち上がると、どちらからともなくまた会う約束をした。

「これぐらいの時間なら、少し抜け出すこともできるよ。昼休みでも連絡をくれたら、一緒に昼食を摂れたらいいね」

晃一の言葉に祐二はまた電話をかけてもいいんだと思い、嬉しくなって何度も頷いた。

いずれにしても、また来月になって給料をもらったら封筒にいくらか入れて返すつもりだった。借りた分を払い終わるまでは晃一に会う理由がある。そう思うと、祐二は心のどこかでくすぐったいような喜びを感じていた。だから、以前よりも働くことが辛くない。

このまま健介が酒に溺れないでくれればいい。そうすれば、晃一に返す金を貯めることができる。けれど、酒を飲まず、自分に優しくしてくれる健介のそばにいると、近頃は奇妙な罪悪感を覚えている。

部屋に転がり込まれたあげく、金を巻き上げられたり、殴られたりも日常茶飯事になっていた。ときには、本当に憎らしく思うこともある。けれど、酒を飲まずに祐二を抱き締めて、「可愛い」とか「好きだ」と繰り返し言う健介を見ていると、何か苦いものを呑み込むような気持ちにもなる。

祐二は頭がよくないから自分の気持ちでさえうまく整理できないし、ましてや人の気持ちなどよくわからない。言葉にしてもらったことを本当だと思って、何度も痛い目や悲しい目に遭ってきた。そんな中で、健介の言葉は嘘がなかった。だから、信じる気持ちになったし、こうして一緒に暮らしてきたのだ。

でも、そんな健介でさえ、酒を飲んだときとそうでないときの言葉が違う。何を信じたらいいのかわからなくなった祐二にとって、晃一の物静かに話す一言一言は不思議なほど心に染み入るのだ。だから、晃一と会うと心が穏やかになる。

最初の頃はこんな上品そうな人だから、どこか腰が引けたり、開き直ったりして話していた。けれど、何度か会っているうちに、祐二のほうが彼の雰囲気に慣れてきたところもある。

銀行というのも客商売で、頭を下げていることのほうが多い仕事なのだ。生来の上品さがあるのと同時に、晃一はどんな人に対しても平等に接することができるような気がする。だから、祐二みたいなどこの馬の骨ともわからない若造にも、戸惑いもなく笑顔で親切に接することができるのだろう。そう思うと、自分はすごい人に出会ったのかもしれないという気持ちになっていた。

都会にはスターとかアイドルとかモデルとか輝かしい肩書きの人がたくさんいて、光り輝くようなオーラを放ちながら、人が羨むような人生を送っているのかもしれない。けれど、そうではないところにも晃一のような素晴らしい人がいるのだ。

田舎でぎくしゃくした家庭環境に拗《す》ねたように暮らしていた頃、祐二によくしてくれた近所の老夫婦がいた。他にも、祐二が行くといつでも歓迎して、夕飯を食べさせてくれた友達の家族もいた。

子持ちであることに引け目を感じながら母親が義父と再婚したときから、祐二にとっては自分の家よりもそんな近所の老夫婦や友達の家のほうがずっと居心地がよくなった。

今もなんだかあの頃の状況とちょっと似ているような気がする。健介と暮らす部屋は自分がこの都会で帰ることのできる唯一の場所。でも、本当にそこが幸せの住処《すみか》かといえば違うような気がしている。晃一のそばにいるときは、あの優しかった老夫婦や友達の家で過ごした時間にも似ている。

いずれ冷たい空気が流れる自分の家の帰らなければならないとわかっているから、温もりの中にいるのが嬉しくて、同時にとても悲しくなるのだ。

健介は義父とは違う。それはわかっているのに、なんだか彼の顔を見るたび自分の顔に浮かぶ愛想笑いがいやだった。どんなに甘い言葉を繰り返されても、どんなに乱暴にしたことを詫びてもらっても、祐二の中に溜まったしこりがもう溶けない。

晃一に出会うことがなければ、健介に対してこんなふうに感じることはなかっただろう。

でも、祐二はもう晃一に出会ってしまったのだ。

どうしたらいいのかわからないけれど、心の中の憂鬱《ゆううつ》は白い半紙にポツリと落ちた墨のようだった。それが、じわじわと日が経つにつれ広がっていく。止めようとしても、その術さえわからないままに、祐二は困惑の中で日々を過ごし、気がつけばその年の夏の盛りを迎えていた。


「楷書と行書と草書っていうの？　このぐちゃぐちゃなのは駄目、ぜんぜんわかんないや。でも、楷書っていうのなら読めそうな気もするけど、なんか難しい漢字が多いよね」

「高校で漢詩の授業があっただろう？　これは中国の詩だから読み方にルールがあるんだよ。でも、ぼんやりと意味を感じ取るだけでもいいんだ。ほら、ここに『湖』という字があるだろう。それから『碧』と『美』という字だ。それだけでも、おおよそ想像できないかい？」

「あっ、もしかして、湖が碧《あお》くてきれいってこと？」

思いついたまま言うと、晃一はそのとおりと頷いてくれた。まるでテストで百点を取ったような嬉しさに、祐二が頬を染めながら笑ってみせる。

二度目に金を返すときも晃一の残業と、祐二がクラブのバイトへ出かける前のわずかな時間だった。だが、三度目のときはたまたま週末が重なって、土曜日だというのに晃一は銀行の自分のデスクに資料を取りに行くついでだからと、わざわざいつもの公園まで出てきてくれた。

そのときは、いつものスーツ姿とは違う、少しカジュアルな格好の晃一だった。ゴルフウェアを普段着のように着ている中年と違って、白いシャツに麻のサマーセーターとパンツというスタイルだ。

「関さん、お洒落なんだね。いつもと違ってすごく若く見えるよ」

祐二が言ったとき、晃一は照れたように笑った。

「娘がね、老け込むとよくないといって、近頃は洋服をコーディネートしてくれるんだよ。ちょっと若っぽくて気恥ずかしいんだけど、せっかく買ってきてくれたのに着ないと申し訳ないしね」

どうやらこういう格好は晃一の趣味ではなく、彼の娘のお仕着せらしい。自分の父親にいつまでも若々しくいてほしいと思う気持ちが伝わってくるし、実際晃一はそういうファッションが似合っている。ただ、本人が着慣れていないのと、いつもの銀行での控えめな態度が身についているせいか、堂々と着こなすという雰囲気からはほど遠かった。

「大丈夫だよ。すごくカッコいい中年だから。もっと自信を持って歩いたほうがいいよ」

祐二が言っても、晃一はやっぱり慣れない格好でいつもより俯き加減だった。そんな彼を引っ張るようにしていつもの公園を出ると、二人は近くのカフェに行った。そこでしばらく晃一がさっき本屋で買ってきたという書道の本を見せてもらって説明を受けていたが、その話が終わると祐二は思い出したように封筒を出してきた。

「これ、今月分です。治療費はこれで返せたと思うんだけど……」

三ヶ月でやっと三万円。もしかしたら、晃一にとっては家族で外食したときに使うくらいの金額なのかもしれない。それでも、祐二にはこんなふうに返すのが精一杯だった。

晃一はいつもとかわらず丁寧に頭を下げると、その封筒を受け取った。だが、今日は真面目な顔で祐二に言う。

「もう充分だから、これを最後にしてくれていいからね」

「でも、まだホテル代も払ってないよ」

アイスコーヒーを飲みながら言うと、晃一がなぜかちょっと重い溜息を漏らす。

「ホテル代は本当にいいんだよ。わたしだって、帰宅前に少し心が重く感じるときもある。

POST CARD

50円切手をお貼り下さい

102-8405

東京都千代田区一番町29－6
(株)海王社 ガッシュ文庫編集部

ガッシュ文庫アンケート係

〒 □□□-□□□□ ☎ (　　)

住所

ふりがな 氏名 P.N.[　　　]	学年・職業	年齢	男・女

購入文庫タイトル：

この本をお買い上げになった書店名：

区市町村　　　　書店

購入日：　　年　　月　　日

◆ハガキをお送りくださった方の中から抽選で毎月20名様に
ガッシュ文庫特製オリジナル図書カードをプレゼントいたします。
発表は発送をもってかえさせていただきます。

※このはがきは、海王社の出版物企画の参考とさせていただきます。応募された方の個人情報を、本企画遂行以外の目的に利用することはありません。

◆この本を何でお知りになりましたか？
1.書店で見て　2.広告を見て（何の？　　　　　　　）3.人に勧められて
4.作家のHPを見て

◆この本をご購入されたきっかけは？（複数回答可）
1.作家が好きだから　2.イラストにひかれて　3.タイトルが気にいって
4.オビのあおりを見て　5.あらすじを読んで　6.雑誌[GUSH]の特集記事を読んで
8.その他（　　　　　　　　　　　　　　　　）

◆表紙のデザイン・装丁についてはいかがですか？
1.よい　2.ふつう　3.悪い
（理由　　　　　　　　　　　　　　　　　　）

◆あなたが小説で読みたいジャンル・シチュエーションについて教えてください。
・どんなジャンルが好きですか？○，×をつけて教えてください。（複数回答可）
学園もの／サラリーマン／禁断愛／SF･ファンタジー･ホラー／時代もの
主従関係／ショタ／オヤジ／業界もの（医者･極道･弁護士･ホスト･スポーツ）
その他（　　　　　　　　　　　　　　　　　　　　）
・どんなシチュエーションが好きですか？○，×をつけて教えてください。（複数回答可）
年の差／陵辱／監禁／下剋上／コスプレ／SM／コンビ･相棒／三角関係
ライバル／借金／変態プレイ／その他（　　　　　　　　　　　）

◆どんなタイプの話が好きですか？　近い数値に○をつけてください。

じっくり読みたい←	3	2	1	0	1	2	3	→軽く読みたい
切ない話 ←	3	2	1	0	1	2	3	→明るい話
ダーク・重厚 ←	3	2	1	0	1	2	3	→はじけエロ

◆今後ガッシュ文庫に登場してほしい作家（または、必ず購入する作家）、イラストレーターを教えてください。

◆あなたがよく買うボーイズラブレーベルはどこですか？
小説、コミック問わず教えてください。

◆この本に対するご意見・ご感想をお書きください。満足度 ➡ 　　　%

☆ご協力ありがとうございました☆

集めて♥貯めて♥もらっちゃおう♥
G★ポイントバンクキャンペーンSTART!!
2010年から
GUSH一大プロジェクト
がスタート！
このマークが目印！！
G★ 2010 G★ポイントバンク SAMPLE
キャンペーン期間に発売される全ての発行物についているG★ポイントを集めて応募した方に豪華賞品をもれなくプレゼント！
対象商品
●雑誌(GUSH・GUSHmoetto) 3G★ポイント●
GUSH(毎月7日発売)・GUSHmoetto(4・8・12月3日発売)
●アンソロジー(GUSHmaniaEX・GUSHpêche) 2G★ポイント●
GUSHmaniaEX(偶数月25日発売)・GUSHpêche(奇数月25日発売)
●コミックス・文庫・コミック文庫 1G★ポイント●
コミックス&コミック文庫(毎月10日発売)・ガッシュ文庫(毎月28日発売)
キャンペーン期間 2010年1月～2011年6月

G★ポイントバンクキャンペーン応募用紙

〒□□□-□□□□ ☎ (　　)

住所

氏名

年齢 [　　　　]
職業 [　　　　]
性別 [男 ・ 女]

Gポイント合計

希望賞品

1 / 2	3 / 4	5 / 6	7 / 8	9 / 10
11 / 12	13 / 14	15 / 16	17 / 18	19 / 20
21 / 22	23 / 24	25 / 26	27 / 28	29 / 30

＊裏面の応募方法にしたがって封筒に入れて送ってね！　応募用紙はコピー可だよ♥

そんなとき、君に会って、一緒に食事をしたらとても楽しかった。だから、そのお礼のようなものだから」

晃一の言葉に祐二は一瞬奇妙なものを感じて首を傾げる。

「関さん、家に帰るのがいやなの？」

まさか、そんなことがあるはずない。そう思って馬鹿なことを訊いた自分を笑い飛ばそうとした。ところが、晃一はいつもと違ってなぜかひどく深刻な顔になっていた。

「いやというわけじゃないよ。もちろん、そうじゃない……」

そう言いながらも、言葉の奥に何かがあると祐二にもわかる。もしかして、晃一のような人でも家庭に何か問題を抱えているのだろうか。でも、それをどんなふうに訊いたらいいのかわからない。

そのとき、ハッと思いついたのが彼の息子のことだった。悩みがあるようなのに、うまく声をかけられないと言っていた。

「もしかして、息子さんのことでまだ悩んでるの？」

「それもあるかもしれないな。朋彦とは何度か二人きりで話してみたりもしたけれど、どうやらリハビリのことで不安があるようだ。アスリートとして伸び盛りの頃に怪我をしたわけだから、焦る気持ちはあると思う。おざなりな慰めや励まししか言えない自分が、なんだか歯がゆくてね」

　このとき、晃一の息子の名前を初めて知った。怪我をしたというのは気の毒に思うけれど、祐二にしてみれば、親の金で大学に通って好きなスポーツに熱中していられただけでも幸運に思えてしまう。

　だが、そんなことを口に出して言うわけにもいかないし、ましてや自分なんかが適当な言葉で晃一の気持ちを盛り立てようとしても無理なことくらいわかっている。

　それより気になったのは、晃一が「それもある」と言ったことだ。ということは、他にも悩みがあるんだろうか。

「関さんにもいろいろ悩みがあるんだね。きっと俺なんかにはわからないような難しいことばっかりなんだろうけど。でも、息子さんは早くよくなって、また走れるようになるといいね」

　晃一は祐二の相談にのってくれて、そのときどきのアドバイスをくれた。体が傷つき、心が弱っているときはホテルに匿ってもくれた。でも、自分では晃一の役に立つようなことは何もないだろう。

　祐二が少し沈んだ顔になるのを見て、晃一は慌てて笑顔を取り戻す。そして、そろそろ銀行へ資料を取りにいかなければと言う。祐二もコンビニのバイトの時間が迫っていた。

「休みの日も資料を取りにきたり、仕事も大変そう」

「ここのところ、ちょっと忙しいかな。まぁ、暇よりはいいと思わないといけないね」

そう言って立ち上がると、カフェの伝票を手にして支払いをしてくれる。祐二が自分の分を渡そうとすると首を横に振るのはいつものことだ。でも、やっぱり今日のその顔がちょっとふさいでいるように見える。

晃一とは何度か会っているけれど、これまでは自分に余裕がなかったから相手の様子などあまり気遣うこともなかった。でも、ここのところ健介との生活も落ち着いていて、祐二はようやく晃一のことをちゃんと見るようになっていた。

「あの、なんか忙しいみたいだし、疲れているみたいなのに、俺なんかにつき合わせてごめんなさい。次に会うときはホテル代をまとめて返して、それで終わりにするからね」

祐二は晃一のために自分ができることは何かと考えてみたが、これ以上彼をわずらわせないことくらいしか思いつかない。本当は何度でも会いたい。健介に秘密を持っていることは心苦しいけれど、何も疚《やま》しい関係なわけじゃない。祐二はただ晃一と会って、これまで自分が都会で感じたことのない穏やかな気持ちを味わっているだけだ。

でも、いつまでもそんな祐二につき合わせてはいられない。晃一にも何か深い悩みがあって、その一つが息子のことで、本来なら祐二ではなく彼と一緒に時間を過ごすべきなのだから。

銀行とコンビニの中間地点の交差点で立ち止まり、しばらく二人は向き合ったままだった。

「あのね、お金のことはいいんだよ。ただ、君と話をするのはなんだか楽しいので、会えなくなるのは残念だな」

「え……っ？」

小さな吐息交じりの晃一の言葉に、祐二はちょっと驚いたように彼の顔を見上げた。

「でも、君のような若者には、仕事しかできない中年男の相手は退屈だっただろうね。こっちこそ貴重な時間を割かせてしまって、かえって申し訳なかった。それから、息子のことでは励ましてくれてどうもありがとう」

そう言うと頭まで下げるので、祐二は慌てて胸の前で広げた両手を横に振る。

「や、やめてよ。謝るのもお礼を言うのも俺のほうだよ。なんか、いつもみっともないところばかり見られて恥ずかしいんだけど、関さんのおかげでちょっとは先のこととか考えるようにもなったんだ。だから、本当は……」

これからも、ときどきでいいから会って話がしたい。そう舌の先まで出かかっていた。

けれど、それを呑み込もうとしたとき、歩道を走っていた自転車が交差点を猛スピードで渡ってきた。背後から聞こえたベルの音に祐二が振り返ろうとしたら、それよりも素早く晃一の手に腕を引かれた。

「危ないっ」

その声とともに晃一の胸に引き寄せられて、自転車が通り過ぎるまでぎゅっと抱き締められていた。いつもの晃一の整髪剤の匂いが祐二の鼻孔をくすぐる。お洒落なコロンとかじゃない。でも、祐二はその匂いが嫌いじゃない。

自転車はもう通り過ぎてしまったけれど、祐二はわざと怯えたようにぎゅっと晃一のセーターにしがみついた。健介に抱かれているときとは違う。淫らな気持ちじゃなくて、胸の奥がほんのりと温かくなっていく感じがする。

「大丈夫かい？」

晃一が訊いたので、祐二はハッとしたように体を離す。

「う、うん。平気。でも……」

「でも、どうしたの？　どこかぶつけたかな？」

そうじゃないと首を横に振る。

「あの、俺ね、東京に出てきてからもうすぐ五年になるけど、全然友達とかつくれなかったんだ。食べていくのに必死でそんな暇なんかなかったっていうのもあるんだけど。でも、田舎者だから気後《きおく》れしちゃって、あんまりうまく人づき合いができなかった」

「そうなの？」

「だから、関さんと会って、初めて知らない人に優しくしてもらってすごく嬉しかった。だから、ときどきでいいから……」

言いかけて、ものすごく胸が苦しくなっている自分に気がついた。なんだか胸がつまって、泣きそうになっている。そんな祐二を見て、晃一は驚いて背中をさすったり、頬を撫でたりしてたずねる。

「どうしたの？　また何か辛いことがあったのかい？　恋人とのこと？　それとも仕事のことかい？」

自分だって悩みを抱えているのに、祐二のことを一生懸命心配してくれる。

「何もないよ。大丈夫。でも、俺ね、本当にときどきでいいから、関さんの顔が見たいよ。ちょっと会って話すだけでいいんだ。もう迷惑かけないようにするし、心配もかけないようにするから……」

「祐二くん……」

結局は半ベソになって言うと晃一はいつものように優しく笑い、ズボンのポケットからハンカチを出して渡してくれる。

「へ、平気……」

　そう言って自分の手の甲でちょっとだけこぼれていた涙を拭った。そんな祐二を見て、晃一はなぜか照れたように笑うと言った。

「そうか。じゃ、わたしにはこんなに歳の若い友人ができたってことでいいのかな。息子ともうまく話せないような中年なんだけどね、君がそれで鬱陶《うっとう》しいとか思わないなら、これからもときどき会ってお互いのことを話そうか」

「ほ、本当にっ？」

　祐二はぱぁっと顔を明るくさせて、さっきまでの泣き顔に笑みを浮かべた。

「でも、君は変わっているね。普通はこんなおじさんじゃなくて、もっと若い子とつき合いたがるものだと思ったよ。それに……」

「それに、何？」

「わたしは自分がそうしたいと思っただけなんだけど、正直に言うと治療費やホテル代まで返してもらえるとは思ってもいなかったのでね」

　ちょっと言葉を濁しているけれど、なんとなく晃一の言いたいことはわからないでもない。優しくて親切で人当たりのいい晃一だが、きっと心の片隅には祐二を疑う気持ちもあったのだろう。中年男を誘惑して、金品を巻き上げようという魂胆の若い女や、ときには男がいることくらい彼も知っていたということだ。

きっと最初の頃はそんな疑いもあったのだろうが、祐二の悲惨な様子を見ると手を差し伸べずにはいられなかったというのが本音なのだと思う。

「君は上手に嘘がつける子じゃないってわかるよ。だから、よけいに心配になってしまうんだけどね」

そんなふうに言われても、祐二にしてみれば晃一のようなお人好しのほうがずっと心配だったりもする。そうやって考えると、自分たちはどっちもどっちなのかもしれない。その途端、祐二が小さく噴き出した。すると、晃一も声を殺すようにして懸命におかしさをこらえている。

そうして、二人は奇妙な関係から歳の離れた友人になった。こんなにも大勢の人が溢れている都会の中で、偶然知り合った人は父親くらいの歳の人で、それでも祐二が誰よりも心穏やかに話せる人だった。

（友達かぁ……）

その日、晃一と別れて祐二はコンビニのバイトに入り、一日中浮かれた気持ちで過ごした。でも、こんな自分の気持ちを一緒に暮らしている健介とは共有できない。

好きだと思っていた人が、日々遠くなっていく。抱き締められていても、心はどこか違うところを彷徨っている。愛ってなんだろう。情ってなんだろう。祐二はこれまで考えたことのない感情についても、少しずつだが真剣に向き合おうという気になっていた。

愛とか恋とか情とかは言葉にしてみたところで、なんだかよくわからない。それというのは、何かに似ていると思って考えてみると、晃一が見せてくれた難しい漢字の並ぶ書に似ているのかもしれないと思った。

そのままだと意味がわからない。漢詩を読むルールは習ったかもしれないけれど、とっくに忘れた。でも、ポツリポツリとわかる字を寄せ集めていると、その意味がぼんやりと見えてくる。要するに、人の気持ちというのもそういうものじゃないだろうか。

健介のことは嫌いじゃないし、抱かれると今でも溺れる自分がいる。でも、一緒にいると辛いことが多くて、いつしかそんな辛さを諦めてしまった自分がいる。

晃一に会うとホッとして優しい気持ちになるし、都会ですごく無理をしていた自分に気づかされる。と同時に、自分なんかとは違う世界に住んでいる人がいることを思い知らされるのだ。

だったら、自分はどうすればいいんだろう。その答えを探そうとすると、祐二の心は迷子になってしまう。それはまるで、広い海の真っ只中でどちらの岸に向かって泳げばいいのか迷っているようなものだった。それどころか、今の祐二には右も左も前も後ろも岸なんてどこにも見えていないのだ。

ひたすら溺れないように手足をばたつかせながら、顔だけを海面に出して呼吸するのが精一杯の自分。明日のことさえもわからないけれど、今日という日は特別だった。

それは、本当の意味での友達ができた日だから。都会に出てきて初めてこんなにも心が弾んだ。健介に口説かれたときとは違う、もっと心の奥深くからくすぐったさが込み上げてくる。

（友達、友達……。俺のことを友達だって言ったんだ……）

繰り返す言葉に、祐二は酔ったように頬を熱くしてしまうのだった。

◆◆

祐二の小さな秘密はいつしかとても大切な秘密になり、健介との距離がまた少しずつ遠ざかっていく。こんな自分は情がないのだろうか。近頃は暴力を振るわない健介にも祐二の心はひどく醒めていた。

調査会社の仕事と三流雑誌のグラビアの撮影、広告チラシの撮影なども引き受けて金を貯めようとしている健介を見ていると、なんだか痛々しい気持ちになるときがある。

また海外に行って本当に何かがつかめるのだろうか。彼の人生を大きく変えるような何かがそこにあるのだろうか。

写真の世界も海外のことも祐二には何もわからないけれど、ときどき思うのは健介が日本から逃げたがっているだけじゃないかということだ。それは、すなわちどうすることもできない厳しい現実から逃げたがっているような気がしていた。そして、その先には何があるわけでもない。

こんな考えはひどく傲慢なことだと、祐二は自分を叱りながらアジアにまた写真を撮りにいく夢を語る健介に微笑む。今日はカメラの手入れをしながら、川に浮かべた船で暮らしている家族のことを話してくれた。アジアの僻地《へきち》では陸に土地を持てない人たちがいて、生活の全部がボートの上にあるらしい。子どもたちもそこから学校に行き、行き交う船に果物や魚を売って金を稼いでいるという。

「すごいね。そんな場所があるなんて信じられないよ。俺なんか、自分の田舎と東京しか知らないもん」

「馬鹿だな。アジアってのは本当に広いんだぞ。おまえの田舎のクソ貧乏な奴らでさえ目ん玉がひっくり返るようなボロ家に住んで、日本じゃ考えられないような生活をしている連中がいるんだ。ましてや東京から行ってみろ、本当にびっくりすることだらけだぞ」

「健介って、日本より向こうのほうが好きそうだね」

祐二が何気なく言ったとき、健介がハッとしたように顔色を変えた。

「好きじゃねぇよ。ただ、いい写真が撮れるからな……」

そう言ったものの、ぼんやりとしているときはきっと以前に回ったアジアの国々のことを思っているのだとわかった。そんなとき、健介も苦しいのだとわかる。東京で生きている自分の不甲斐なさに苛立っている。と同時に、アジアの町で、したたかに生き延びるには弱い自分に内心悪態をついていたりもするのだ。

この東京の空の下でどのくらいの人が幸せに、満たされて生きているのだろう。そういえば、あの晃一でも何か心に抱えている重いものがある。

大学で中距離の選手だったという息子が怪我をして、手術ののちリハビリをしているというのはきっと大きな不安だと思う。けれど、彼にはそれだけでない、何か深く思いつめることがあるような気がした。

今度会ったとき、そのことを訊いても気を悪くしたりしないだろうか。祐二なんかがそれを聞いて何ができるわけでもないけれど、晃一の沈んだ顔は見たくない。

あの人はいつでも優しく微笑んでいてほしい。そういえば、書の話をしているときの彼はとても楽しそうだった。

晃一の作品はまだ一度も見たことがないけれど、読めないぐちゃぐちゃの字でも彼が書いたものなら、祐二は見てみたい気がしていた。

そんなことを考えて少し頬を緩めながら洗濯物をベランダに干していると、健介が煙草を吸いながら一緒に出てきて祐二の背後に立った。ふざけているのかと思って、背中から抱きつく健介を軽く振り払おうとした。そのとき、健介がぐっと腕に力をこめて言った。

「おまえは俺のものだよな。裏切ったりするなよ。ちゃんと大事にするし、今度アジアに行くときには一緒だからな」

晃一のことは一言も話していない。だから、ばれているはずもないけれど、なんだか不安が胸を過ぎる。

「何言ってんの。健介のほうこそ、そのうち売れっ子カメラマンになったら俺を捨てるんじゃないの？　まぁ、いいけどさ。俺なんかどうせ誰にも相手にされないし、健介に相応しいかどうかも怪しいしね」

開き直ったような祐二の言葉に、健介はわずかながら戸惑いを感じていたようだ。

「そういう言い方をすんなよ。俺はさ、ときどきひどいこともしちまうけど、本当におまえのことが好きなんだよ」

洗濯物を干す祐二の背中から抱きつく健介は、普段の傲慢さも影を潜めてひどく不安そうだった。でも、祐二には彼を慰める言葉がない。明日が見えないままなのは健介だけじゃない。それでも、誰もが懸命に生きている。それが都会で、それが東京なんだと思ったとき、祐二は故郷を捨てて数年の間に自分が本当に変わったということを理解した。

健介の腕の中でどんなに激しく愛されても、もはや祐二の体は燃えない。興奮はしても、それは心の高ぶりをともなうものじゃない。そのことは、祐二自身が一番よくわかっていた。

ただ、健介を傷つけたいわけじゃない。この二年余り、健介がいなければ祐二は間違いなく自暴自棄になってどうしようもないことになっていただろう。あるいは、男娼《だんしょう》になって安い金で体を売り続けていたかもしれない。

健介から離れてしまった気持ちは、どこを彷徨っているのだろう。そんなことを考えているうちに、ぼんやりと晃一のことを思い出していた。でも、すぐに首を横に振る。

あの人はゲイじゃない。男を抱く趣味などない。それに、結婚もしていて、大切な家族があって、りっぱな仕事もしている。晃一に対して抱いているのは恋愛感情ではなくて、父親を慕うような気持ちだと思う。

実の父親の温もりを知らない祐二だから、晃一のような優しい人が父親だったらという思いがある。彼に会ってたわいもない話をして、さっぱりわからないけれど書道の話なんかも聞いて、たったそれだけの時間がすごく楽しい。

晃一は返さなくてもいいと言ったホテル代も返し終えて、今は週に一、二度カフェや公園で会っている。

「今日、バイトは休みだろう？　久しぶりにどこか行くか？」

火曜日はコンビニのバイトが休みの日だ。いつもならクラブのバーテンの仕事があるが、祝日なのでサラリーマンの客が多い店は休みになっていた。日曜日以外で丸一日休みになることは滅多にないので、健介は一緒にどこかへ行こうと誘う。でも、今日は晃一と約束があった。

「あの、駄目なんだ。コンビニのバイトがあるんだ。先輩にシフトを代わってほしいって言われて……」

「なんだ、引き受けたのかよ？」

「だって、先輩に頼まれたらいやって言えないし」

祐二はそう言い訳しながらも、内心では嘘をついているのがばれないかハラハラしていた。

「おまえさ、この間の日曜日もどこかに出かけてたよな？　なんだよ、最近誰か遊び相手でもできたのかよ？」

「そんなことないよ。日曜日はクラブの大掃除だったから、呼び出されてただけだし。そのあとの打ち上げも参加しないで帰ってきたもん。大勢で酒を飲む席とか苦手だし」

それも実は嘘だ。あの日も晃一に誘われて、図書館に行っていた。晃一が何か調べものをするというので、祐二も一緒についていって雑誌や絵の本を見て過ごし、帰りに一緒にお茶を飲んで帰ってきた。晃一はスポーツ医学やリハビリの本を見ていて、息子の怪我のことであれこれ調べているようだった。

あの日もそれほど遅くなったわけではないが、帰宅すると健介がちょっと不機嫌そうに待っていた。今日は美術館に書の展覧会を見にいく予定になっている。もちろん、祐二には難しくてよくわからないだろうけれど、そんなことはかまわない。晃一と一緒にいられればそれでいい。

「バイトは何時までだ？」

「えっと、四時まで……」

まさか上がりの時間を訊かれると思わなくて、祐二は慌てて適当な時間を言った。

「そうか。じゃ、終わったらさっさと帰ってこいよ」

仕事のない日の健介はとにかく祐二にかまいたがる。最近は特にそんな感じがする。束縛されている感じが妙に窮屈で、祐二は曖昧に笑って頷いた。

でも、心はもう晃一に会うことでいっぱいになっていて、健介の不穏な態度や口調についてあまり気にとめていなかった。最初に二人の間にほころびを作ったのは健介だった。けれど、そのほころびをどんどん大きくしたのは、間違いなく祐二のほうだ。それはわかっている。でも、もう心はどうすることもできない。

晃一と会っているときだけ、祐二は自分がここにいてもいいと思える。彼だけが都会の中で揉まれて生きている祐二を見ていてくれる。そして、健介が与えてくれなかったものを与えてくれる。それは、安堵と平穏と優しい時間。なによりも祐二が望んでいるものだった。

「書の展覧会なんて、退屈だったんじゃないかい？」

美術館から出たとき、晃一は申し訳なさそうにたずねた。祐二は首を横に振ってにっこり笑うと言う。

「そんなことないよ。読めないのも多いけど、なんか墨の字ってよく見ているうちにきれいだなって思うようになった。柔らかい字とか、力強い字とかいろいろあっておもしろいし」

「そう、だったらよかった」

今日も娘がコーディネートしたらしいカジュアルな装いの晃一と、いつもどおりジーンズと安っぽいTシャツとスニーカーという格好の祐二は、世間の人からはどんなふうに見えているんだろう。親子に見えているだろうか。それとも、ただの奇妙な二人連れだろうか。

「それより、この間図書館で調べていたことって息子さんのためでしょう。何か役に立った？　怪我の具合はどうなの？　また走れそうなの？」

近頃は彼の家庭のことも少しずつ聞いているので、祐二のほうからそんなふうに訊いてみたりもする。

「相変わらずリハビリをしているんだが、なかなか思うようにいかないらしくてね。日本にはリハビリを専門にしているトレーナーというのがまだ少ないらしい。朋彦も自分で勉強はしているようだが、手探りでやっている部分も多いみたいでね」

陸上の中距離選手だった晃一の息子は、練習中のアクシデントで膝の前十字靭帯《ぜんじゅうじじんたい》と同時に半月板《はんげつばん》を損傷した。手術は成功したものの、今はリハビリに苦しんでいる。

「どうせ俺なんか全力で走ったりもしないし、この膝と取り替えてあげられたらいいのにね」

祐二が言うと、晃一は優しく笑って気持ちだけで充分だよと言った。

「それより、祐二くんのほうはどうだい？　恋人とはうまくいっているの？」

「最近はあまりお酒も飲んでないし、仕事もしてくれているけど……」

そう言ったまま言葉を濁してしまうと、晃一は案じるように祐二の顔をのぞき込む。

「なんだか浮かない顔だね」

「俺ね、最近関さんに言われたことをよく考えるんだ」

「わたしが言ったこと？」

晃一は一度好きになったら寄り添っていたいだろうし、男同士でも夫婦のような情が湧くんだろうと言っていた。それでも、互いが傷つけ合うような関係はよくないと言った。祐二も最近はしみじみとそう思う。それだけでなく、一緒にいて心が休まらないことも、いつまた乱暴な真似をするかもしれないと怯えて暮らしているのもよくないと思う。

そして、祐二の中にもう健介への愛情がないのに、一緒にいるのは心が裏切っているということだ。今日も嘘をついて部屋を出てきた。このままじゃきっと駄目に決まっている。

「だんだん健介といるのが辛くなってきたんだ。好きって言ってもらうと以前はすごく嬉しかったのに、最近はなんだか苦しいばっかりでさ」

何かきっかけさえあれば、祐二は健介と別れようと考えるようになっていた。でも、そのきっかけがない。そして、一人になったとき自分がどれくらい寂しい思いをするのかを考えると、また二の足を踏んでしまう。ただ、今は晃一がいる。歳の離れた大事な友人だ。どんなことでも相談できる。まるで優しい父親のような友人だった。

「わたしのような歳になってしまうと、どんなことにも保守的になってしまう。いろいろなことにがんじがらめになって身動きもできないけれど、君はまだ若い。何度でもやり直すことができるんだから、よく考えて自分で結論を出したときには迷わず新しい人生を始めなさいね」

とても励みになる言葉だった。今はまだ結論が出せていないけれど、晃一の言うとおりそのときがきたら、勇気を持って健介と話をしようと思った。

「関さんは何にがんじがらめになってるの？　やっぱり、仕事？　責任があるから大変だよね」

美術館を出たあと周辺の公園をぶらぶらと歩きながら、十月に入ってもまだしつこい残暑から逃げるように木陰を探してベンチで一休みする。横に並んで座って祐二は額の汗を拭っていると、晃一がちょっと前屈みになって膝に両肘をつき、ぼんやりと地面を眺めていた。

「関さん……?」

「えっ、あっ、ああ、なんだったっけ。そう仕事のことだよね」

そう言うと、一つ大きな溜息を漏らした。そんな彼を見ていると、祐二は心配になってその腕をそっとつかむ。

「あのさ、俺なんかに言ってもしょうがないだろうけど、何か心配事とかあるなら言ってみてよ。誰かに言うだけで、ちょっとは気持ちが楽になるかもしれないし」

祐二がそう言ったのを聞いて、晃一はちょっと驚いたように目を見開く。そんな顔を見た途端、自分みたいな人間が偉そうなことを言ってしまったと急に恥ずかしくなった。祐二は真っ赤になる顔を隠すように俯いて、慌ててつけ足すように言う。

「あっ、で、でも、俺なんかに言わなくても、奥さんとかに相談するよね。俺、何言ってんだろ。なんか偉そうなこと言っちゃって恥ずかしいんだけど……」

ヘラヘラと笑って自分の言葉をごまかそうとすると、隣にいた晃一が祐二の膝を軽く叩く。まるで落ち着きなさいとなだめられているようで、よけいにいても立ってもいられない気分になった。だが、晃一はふぅっと吐息を漏らすと、祐二の顔を見ないでポツポツと話を始めた。

「もう新聞の記事にもなっているし、ニュースでも報道されているんだけど、うちの銀行でも今度早期退職者を募集することになっていてね。まぁ、不況によるリストラということになるんだけど……」

「関さんが辞めなければならないってこと？」

新聞もろくに読まないし、ニュースもあまり見ないので、大手の銀行でもそんなことがあるなんて知らなかった。晃一がときどき塞いだ顔になっているのはそのせいかと思うと、祐二は何をどう言えばいいのかわからなくなって、ただベンチを立ったり座ったりしてオロオロするばかりだった。

すると、晃一は祐二の手を引いてもう一度ベンチに座らせると笑ってみせる。

「違うよ。わたしが辞めるんじゃないんだ。退職希望者がいなければ、そのときはわたしのほうから数人の行員に打診をしなければならなくてね。それが、ちょっと気が重いというか……。なかなか誰かに相談できることでもないし、かといって仕事の話は妻にはいっさいしないのでね」

誰かをクビにしなければならなくて、それを自分の責任でやらなければならないことに晃一は悩んでいる。そして、奥さんには仕事の話はしないというから、ずっと自分一人で悩みを抱えてきたのだろう。もちろん、祐二に話したところでどうなるわけでもないが、晃一はそれでもちょっと頬を緩めてみせる。

「すまないね。君だってこんな暗い話は聞きたくないだろう。うっかり口が滑ってしまったな」

そんなことはないと祐二は首を横に振る。

「でも、よかった。関さんがクビになったらどうしようかと思っちゃったよ」

「そっちの心配をしてくれたのかい。だが、幸い、まだ銀行は必要としてくれているようだ。定年まではきちんと勤めようと思っているよ」

いつもの優しい笑顔に戻った晃一はベンチから立ち上がると、祐二を食事に誘う。夕食には少し早いけれど、五時から食事ができる店があると晃一が連れていってくれたのは、彼が部下たちとときどき昼食に使っているイタリアンの店だった。

久しぶりに一緒に食事をしていろいろな話をしたけれど、晃一はもう仕事のことは言わなかったし、祐二も健介のことは口にしなかった。まったく共通点などないし、互いの興味のあるものも違っているのに、なぜか二人でいると会話が途切れることはない。

晃一はいつもゆっくりと話して、祐二がわからないことは簡単な言葉に言い換えてわかるまで説明してくれる。祐二は思いつくままに日常のことや、バイト先であったことなどを話すけれど、晃一はどんなことでも楽しそうに頷きながら聞いていてくれる。

健介との間にはない会話が晃一とはできる。どうしてなのか不思議だった。けれど、晃一とはいつまでも一緒にいたいと思ってしまうし、帰るときはなんだかひどく悲しい気分になる。

自分は健介の待つ部屋に戻らなければならない。晃一は温かい家族の待つ家に帰っていく。しょせん、二人は他人同士で、一週間に一、二度わずかな時間だけ会って話すだけの関係だ。

その日も、夕方になって祐二は晃一と駅で別れた。私鉄電車を使う晃一は、祐二が改札を潜ってホームに上がるまでずっと手を振って見送ってくれる。だから、祐二も何度も振り返って彼の姿を目で追う。

せつなさが込み上げてくるのはこんなときだ。もう一度駆け戻っていって、晃一の腕にしがみついてみたい。本当はそれだけじゃない。あの人の胸の中に飛び込みたい。小柄な祐二よりも一回り大きいが、健介のようながっしりした体じゃない。でも、いつも背筋が伸びていて、スーツがよく似合っていて、その手は意外と大きい。

健介に抱かれるように晃一に抱かれたいわけじゃない。ただ、最初はあれほど嬉しかった友達という関係が、ちょっとずつ物足りなくなってきている。

（友達以上だと何になるんだろう……？）

どうしたって祐二は晃一の息子にはなれないから、友達以上の関係といえば「恋人」しかないだろう。そう思って、祐二は自分で勝手に頬を赤くする。たった今抱かれたいわけじゃないと言っておきながら、やっぱり本当はそういうことを望んでいるんだろうか。

でも、晃一が自分を抱くなんて想像もできない。ごく普通に恋愛をして、ごく普通の結婚をして、いい夫でいい父親。それが、祐二の知っている晃一だ。そんな彼だからこそ、祐二は一緒にいるのが楽しくて、嬉しいのだと思う。

晃一のことをあれこれと考えながら部屋まで戻ってくると、すっかり日が落ちていた。さすがに、夏の盛りもすぎて近頃は一日一日と日の入りが早くなっている。

アパートの玄関を開けてスニーカーを脱いでいると、すぐ前にぬっと健介が立った。

「ただい……」

言いかけた頬を思いっきり叩かれた。思わずよろめいて玄関ドアにぶつかり、祐二が健介を睨んだ。なんでぶたれたのか訳がわからなかったからだ。

「おい、今何時だ?」

「え……っ?」

そう言われて、ハッと思い出した。自分はバイトで四時には上がると言って出かけていったのだ。なのに、今はもう八時近い。

「こんな時間まで何をしてたんだ？　おまえ、最近よく出かけるけど、誰か他に男ができたとかじゃないだろうな？」

酒は入っていないみたいだが、恐ろしく不機嫌な健介は厳しい口調でそう問い詰めてくる。

「な、何言ってんの？　そんなことあるわけないよ。今日はコンビニの先輩が、この間シフトを代わってくれたお礼にって晩飯を奢ってくれたんだ。だから遅くなっただけだよ」

「そいつとは本当になんでもないのか？」

「馬鹿言わないでよ。誰もが健介や俺みたいに、男でもいけるって訳じゃないことくらいわかってるだろ」

「そうかな。顔さえよけりゃ、案外男でもいいって奴はいるからな」

「先輩には同棲している彼女がいるんだ。それに、ちょっと友達と飯を喰ってきただけで、いちいちそんなことを疑われたらやってられないよ」

祐二はわざと吐き捨てるように言ったものの、内心では自分の嘘がどこかでばれないかと心穏やかではなかった。晃一と一緒にいる時間が楽しすぎて、ついつい健介についた嘘を忘れてしまうなんて自分は馬鹿だ。

「友達と飯ねぇ。だいたい、おまえに友達なんかいたためしがあったか？　ちょっと優しくされればホイホイついていくだけじゃねぇか。俺のときもそうだったようにな」

ずいぶんな言われ方だが、まんざら違うとも言えない。でも、ここで嘘がばれたら大変なことになる。だから、何がなんでもバイト先の先輩といたと言い張るしかなかった。

「あそこのコンビニのバイトだってけっこう長くやってるんだ。先輩とは歳も近いし、休憩のときに話もするから、友達といえば友達みたいなもんだし」

祐二がぶたれた頬を押さえながら言うと、健介はいくらか納得したのか、今度はさっさと上がれと二の腕を引っ張る。

「痛いよ。そんな強く引っ張らないでよ」

「うるさいっ。いいからさっさとこいよ」

強引に引きずりながら、祐二を奥のベッドに連れていこうとする。

「ねぇ、今日はいやだよ。明日も仕事だし、なんか疲れてるし……」

だが、祐二の言葉などまったく耳に入っていないように、健介は自分の着ているシャツを脱ぎ捨てている。そして、祐二の体をベッドに突き倒すと無理矢理キスをして、何度も舌で口腔をまさぐってから言う。

「おい、トマトの味がする。何喰ってきたんだ？　その先輩とやらに何を奢ってもらったんだ？」

「安くてまずいイタリアン」

本当は晃一と食べた料理はとてもおいしかった。祐二が一人で入るにはちょっと気後れするような店構えだったし、値段もけっこうしていたと思う。それでも、そう言ってごまかすしかないのだ。

健介は男二人でイタリアンなんか喰っているんじゃないと、そんなことにまで難癖をつけてからさっさと服を脱げと命令する。

もう何を言っても無駄だ。どうせ聞いてもらえないし、抵抗したところで力ずくで抱かれるだけだ。暴れて殴られるくらいなら、おとなしく抱かれたほうがいい。

そんな諦めの気持ちで、祐二は自分のジーンズとTシャツを脱ぎ捨てる。抱かれてももう燃えない心が、今夜もやっぱり冷え切っていた。

なのに、そんな日にかぎって健介はしつこい。きっと甘えてこない祐二に苛立っているから、そんなふうになってしまうのだろう。と同時に、本当に男ができていないか、その男に抱かれてきていないかを確かめようとしているのだ。

「祐二、もう一回いけよ。ほら、全部出しちまえよっ」

そう言って、祐二のペニスをしごきながら、後ろに挿入した自分自身を乱暴に動かす。

突き上げられるたびに体がシーツに擦れて、その痛みのほうに気を取られなかなか射精できない。

「健介、もう、駄目だよ。もう、いけない。本当にもうきついから……」

喘ぎながら言うけれど、健介は絶対に許してくれないのだ。

「いいから、いけっ。いいか、自分がどれだけ淫らな体をしているか忘れるなよ。おまえをこんなふうに抱いてやれるのは俺だけだぞ」

そう言われたとき、祐二は内心ハッとしていた。晃一に抱かれたいなんて考えていなかった。でも、自分の心の奥に眠る本心がそれを望んでいるとしたら、それは一生叶えられることのない夢ということだ。

健介の言うとおり、男に抱かれることを覚えた祐二の体は淫らなのだ。今は晃一と一緒にいるだけでいいと思っていても、そのうちもっとあさましい欲望が顔を出しそうで怖い。髪を撫でてほしい。頬を撫でてほしい。そんな気持ちの延長には、直にこの肌に触れてほしいと思う日がくるに違いない。そうなったときはもう彼に会いにいけない。

「おまえなんか、俺といなけりゃ今頃は誰かに騙されて骨までしゃぶられていただろうよ。いいか、俺はどうしようもないろくでなしだが、おまえのことだけは本気で思ってるんだ。だから、どこへも行くなよ。ずっと俺のそばにいろよ」

そんな意地の悪い言い方をしなくてもいいのにと思うけれど、健介の言葉が間違っていないこともわかっていた。そして、祐二の心が離れていくにつれ、健介の執着が強くなっていく。それとも、健介は祐二の心が醒めていくのを薄々ながらも感じているんだろうか。

「健介……」

祐二は恋人の名前を呼びながら、頭の中で別の人のことを思う。

晃一には望めない体の温もりを健介は与えてくれる。けれど、この温もりに縋っているかぎり自分はどこへも行けやしない。おそらく、健介にとっても祐二の存在は慰めでしかなく、彼を本当に支えてあげているわけではないと思う。

（やっぱり、こんな関係は駄目なんだ……）

ただ、健介と離れて一人になっても、晃一は自分にとって特別な人にはなりえない。半日晃一と過ごして温まったはずの心なのに、結局自分はどこへ行っても一人なのだと思うとまた冷たくなっていく。

どうしたらいいんだろう。傷つくのを怖がっていたら、一歩も踏み出せない。わかっていても、怖いものは怖い。しょせん、自分は弱い人間だからどうしようもない。

諦めとそれではいけないと思う気持ちが交互にやってきて。祐二は今夜もまた健介の腕の中で三度果てる。あさましい体も恥ずかしいし、強い意思を持って行動できない自分が情けない。

誰かこんな自分の背中を押してくれないだろうか。けれど、その役割を晃一に求めることはできないのだ。もうこれからは心配や迷惑をかけないと約束したから、それだけは守りたい。それこそが晃一と歳の離れた友人でいられるたった一つの条件だから、破ったらもう二度と彼に会えなくなる。

いつしか頑なにそう信じていた祐二は、何かに縛られ、何かに追われて、逃げ道をどんどん失っているような気がしていた。まるで自分は迷路に迷い込んだネズミのようだ。きっと上から見たら単純な迷路なのかもしれないが、中で歩いている祐二にはどうしても出口が見つけられない。同じところを何度もグルグルと回っているばかりだ。

「俺、もう、わからないよ……」

果てたあとも健介に激しく揺さぶられて、やがては彼の放ったものを体の奥で受けとめる。

「おまえは何も考えなくていいんだよ。ただ、俺から離れていこうとするな。そんなことをしたら、絶対に許さないからな」

健介の言葉が祐二の心に楔を打ち込む。どこへも行けない祐二はもはや迷路を右へ左へと歩き回ることさえできない、針で刺された昆虫のような気分だった。健介の熱で濡らされ、ビクビクと体を痙攣《けいれん》させながら、祐二の心はまた諦めに支配されていく。

心から愛せる人と出会い、その人とともに生きていきたい。自分の居場所を見つけることだけが目的だったのに、それすらもう分不相応な願いとなってしまったのだろうか。愛はどこにあるんだろう。手を伸ばせば届くところにあればいいのにとどれだけ願っていただろう。けれど、今夜も祐二が手を伸ばしてつかんだのは健介の二の腕だった。

その腕はたくましくて頼りがいがありそうなのに、そうじゃないことをもう知っている。だから、彼を自由にして、自分も自由になるべきなのだ。答えは明日出そう。祐二はそう考えながら、冷え切った体が慣れた熱でようやく温められるのを感じているのだった。

◆◆

これまでは、毎日の暮らしがこんなにも不自由だと思ったことはなかった。でも、もう限界だ。それは金のことじゃない。健介と一緒に暮らしていることに、祐二は精神的な苦痛を感じていた。

「もう、いやだよ。酒ばっかり飲んで、愚痴を言って、暴れての繰り返しで、そんなことばかり言うなら出ていってよ。元はといえば、ここは俺の部屋なんだからっ」

その日、仕事帰りに酒を飲んで帰ってきた健介が、祐二の顔見るなり悪態をついた。とりたててとりえもないくせに、顔だけ世の中が渡れると思っているんじゃないとか、東京に出てきて目的もなく生きているから駄目なんだとか、すっかり聞き飽きた難癖ばかりでうんざりだった。

おまけに、祐二のほうも今日という日はついてなかった。コンビニではクレーマーの客に絡まれ、クラブで酔った客に怒鳴られて、イライラしていたこともありこれまでの不満を口にしてしまった。

でも、本当はそれだけじゃない。昨日昼食を摂る約束をしていた晃一から、メールでキャンセルの連絡があって会えなかった。なんでも仕事が忙しくて、昼食に出られないということだった。

仕方がないとわかっている。部下とのつき合いもあるのに、貴重な昼休みを祐二との食事に時間を割いてくれているだけでも充分だと思っていた。でも、やっぱり近頃は自分でも気づかないうちに晃一に対して貪欲になっているような気がする。

そんなこんなですっかりふて腐れた気分になっていた祐二はもう殴られてもいいと開き直ると、さらに健介に向かって言ってしまう。

「俺、海外になんか行きたくないんだからね。行くときは健介一人で行ってよ。俺は日本にいたいし、ここでの生活が気に入ってる。いつも言ってるみたいに、特別なことなんかいらない。普通に暮らしたいだけなんだから」

それを聞いた健介はカッと目を見開いた。またぶたれると思って、咄嗟に目を閉じた祐二は体を硬くして身構える。だが、しばらく経っても健介の拳は降ってこなかった。奇妙に思ってそっと目を開けると、すぐそばで健介が頬を強張らせ、苛立ちと苦悩の入り混じった表情で体を震わせている。

それを見て、祐二はハッとしたように自分がとんでもないことを言ってしまったと後悔した。

「あ、あの、ごめん……。俺、そんなつもりじゃ……」

いい訳の言葉を探しながら健介の腕をつかもうとしたとき、彼の手がそれを振り払おうとして祐二の顔を強く打った。その勢いで部屋の隅まで飛ばされて、壁で背中を強打するとたまらずその場で蹲った。

一瞬息が止まるほどの激痛にそのまま身動きを忘れていたが、やがてわっと涙をこぼす。それは、これまでの緊張の糸が切れたような感じで、何もかもがいやになってしまった瞬間だった。

背中と頬の痛みも忘れ、立ち上がった祐二はヨロヨロと玄関に向かう。いつものように下駄箱の上にある財布と携帯電話をつかむと、そのまま部屋と出ていこうとした。

「おいっ、どこへ行くつもりだ?」

健介が怒鳴るようにたずねるが、答える気などない。どこへ行くかなんて自分でもわからない。ただ、ここにはいたくない。それだけの気持ちだった。健介が引きとめようとして、大股で玄関に向かってくるのを見て、祐二はまるで自分を呑み込もうとしている恐ろしいものから逃げるようにして部屋を飛び出した。

もう健介の顔など見たくない。もう健介に抱かれるのもいやだ。決定的な亀裂《きれつ》が入ってしまったと悟ったとき、祐二は彼との関係に微塵《みじん》の未練もなくなった。頼れる人や抱き締めてくれる人がいなくてもいい。傷つけ合うだけの関係ならいっそないほうがいい。晃一の言っていたことがようやく身に沁みてわかった。

(終わりにしよう。もう、こんなことを続けていても駄目だから……)

それは、自分にとっても健介にとってもだ。健介といても自分は幸せにはなれない。そして、健介も祐二といたのでは彼の夢を叶えられないと思う。きっと、それぞれに相応しい人は他にいる。いつまでも二人してぬるま湯に浸かるように身を寄せ合って暮らしていても仕方がないのだ。

そして、祐二はその日から部屋に帰らなくなった。半ばホームレスのような生活になったが、それでもいい。公園のベンチでも、地下道の片隅でも、眠る場所ならいくらでもある。ときおり、部屋に戻って様子をうかがい健介のいない間に荷物を持ち出したり郵便物をチェックしたりしながら、コンビニとクラブのバイトは続けていた。

ときには、晃一と会うこともあったが、自分の今の事情は話さなかった。もう心配をかけたくない。それだけの思いだった。あんなに恵まれた暮らしをして幸せそうだと思った晃一でも、職場や家庭にさまざまな悩みを抱えている。これ以上、他人の自分が彼の気苦労を増やしたくはなくて、会ったときはいつも笑って明るい話をした。

書道のことはわからないけれど、図書館や本屋で立ち読みして勉強して、わからなかったことを訊いてみると晃一は嬉しそうに説明してくれる。そんな晃一との時間が今の祐二にとっては何よりも慰めだった。

でも、きっとこんなことも長くは続けていられない。だから、今度会ったら晃一に言おうと思っていた。自分はもう健介とは一緒に暮らしていけない。けれど、いつまでも半分ホームレスのような生活もできないし、きちんと自分の人生を立て直したい。そのために何をしなければいけないかと考えてみて、祐二は自分なりの答えを出していた。

それは、健介との別れだけではなく、晃一とも別れることになる選択だ。でも、本来なら晃一の人生に祐二などかかわってはいけなかったのだ。わずかな間だけでも彼のように心優しい人と触れ合うことができて、ささくれ立った気持ちを慰めてもらったことに感謝している。だから、引き際だけはきちんとしようと思っていた。

　気がつけば、東京に出てきて五年近く。晃一と初めて出会ってから、すでに半年以上が過ぎていた。東京での生活を思い返して、一番楽しかったのは晃一と一緒に美術館に出かけた日だったかもしれない。難しくてわからない書でも、晃一と一緒に見ている時間はとても満たされた気持ちになれた。

　毎日が仕事と健介の愚痴に埋もれていた祐二にとって、墨で書かれた読めない字はむしろ静かに自分に向かって訴えかけてくる、何か穏やかで美しいものに映っていたのだ。

　相変わらず書のことはよくわからないし、まして自分で筆を持とうとは思わないけれど、近頃はきれいに描かれた写実画より心が休まるような気さえする。

　晃一と遠く離れることになっても、これからはどこかで書の展覧会があれば見てみたいと思うかもしれない。あるいは、晃一と会うこともなくなれば書のことなど忘れて、また生活のためだけにあくせくと働くようになるんだろうか。

　明日のこともわからない。けれど、今度晃一に会う日だけが楽しみだった。あと何回彼に会えるかわからないけれど、晃一といるときは最後まで笑顔でいたいと思う。出会った頃にたくさん心配をかけたから、彼の元から去るときは、元気に笑って手を振っていこう。

自分の居場所は、結局自分で見つけるしかない。少しばかり遠回りや痛い思いもしたけれど、それに気づくことができてよかった。そう思いながら、祐二は今夜の寝床として選んだ地下道の片隅で蹲り晃一にメールを打つ。

『週末に会えますか？　話したいことがあります』

たったそれだけの短いメールに、ほんの数分で返事が返ってきた。

『いつもの公園に一時前後なら』

やっぱり短いメールが返ってくる。ふたりのやりとりはいつだってこんな感じだ。晃一は年齢のせいもあるが、いっさい余計な絵文字や記号などを使わない。最初はそんなメールを素っ気なく感じていたが、気がつけば自分も簡潔なメールを打ち返すようになっていた。

それでも、会えば晃一は優しい。絵文字や可愛い記号をたくさん盛り込んでメールが送られてきても、会えば気のない態度を見せる人よりも、晃一の短いメールのほうがずっと気持ちが伝わってくる気がする。

忙しい仕事の合間に、素早く打ってくれているのだ。だからこそ、短くても見ると嬉しくなるし、仕事の邪魔をして申し訳ないと思う気持ちが湧き上がってくる。

今週土曜日の一時。会って上手に話せるだろうか。自分の決心が揺らがないよう、祐二は携帯電話を握り締めて何度も自分に言い聞かす。

（楽しかったから、もう充分……）

晃一と過ごしたのは、都会で見た夢のような時間だったのだ。だが、夢はいつまでも続かない。それくらい、もう子どもじゃないからわかっている。

（わかっているから……）

都会の片隅で自分の部屋さえ失った祐二は、地下道で膝を抱えながら座り涙をこらえてそう呟くのだった。

約束の土曜日、祐二は朝からコインシャワーを使いにいき、さっぱりしてから着替えをすませて公園に向かった。途中、駅ビルの公衆トイレに入り、自分がひどく疲れた顔や惨めな顔をしていないか確認してから、鏡に向かって笑顔の練習もした。

晃一はおっとりしているようで、案外カンがいい。人の上に立って仕事をしているだけに、洞察力も鋭い。祐二が少し落ち込んでいたり、暗い表情をしていると、すぐにそれを察して何かあったのかと訊いてくる。

今の自分の状況を何も気づかれることなく、これから自分がどうするつもりか話すためにも、今日は特別の笑顔で晃一と向き合いたかった。

いつもの公園に行くと、晃一は少し早めにきていたのか、すでにベンチに座って祐二を待っていてくれた。休日の格好は相変わらずお洒落だけれど、彼にはけっして心地がいいわけでもないらしく、今日もどこか気後れしたように自分のジャケットの袖やら裾をめくったり、伸ばしたりしている。

堂々としていればもっと格好いいのに、きっと晃一にはそんな真似はできないのだろう。だが、そんなところが晃一らしくて、祐二は好きなのだと思った。

「こんにちは」

祐二が駆け寄って声をかける。晃一はハッとしたように顔を上げて、こちらを見るといつもと変わらない笑顔を見せる。

「やぁ、元気にしていた？」

この間会ったのは、ちょうど一週間前。近頃の晃一は忙しくて、平日に会うことはなかなか難しい。でも、祐二にわがままを言う権利などない。

「今日はごめんなさい。お仕事が忙しいのに、せっかくの休みまで呼び出したりして」

「ああ、平気だよ。仕事が忙しいのはいつものことだ。それに、休みといっても、もう家庭サービスで子どもを連れてどこかへ行くわけでもないし、妻もわたしがいないほうが趣味の水彩画に没頭できるから嬉しそうだしね」

もちろん、冗談半分で言っているのだろうが、晃一の顔が少し寂しそうなのが気になった。

祐二は彼の隣に座ると、いつものようにこの一週間のなにげない話をする。コンビニの客の話や、クラブにくるサラリーマンの話、夜の繁華街で見かけた奇妙な人や先輩から聞いた怪しげな噂など、どんなことでも晃一に話し、それを笑いながら聞く彼の顔を見るのが好きだった。

だが、その日の晃一はなぜか何を聞いても笑顔がどこか強張っている。なぜだろうと奇妙に思ったとき、晃一が手にしている茶封筒が目に入った。

「あれ、それ、何？　仕事の書類？」

祐二がたずねると、晃一はなぜか困ったようにそれを膝に置いたり、背中に回したりして、ひどく不自然な様子を見せる。

「あの、何かあったの……？」

それは、祐二の直感だった。何かよくないことが起きている。それは、晃一にとってか祐二にとってかわからないけれど、いつも穏やかな晃一の表情を雲らせるほどのことだ。

「ねぇ、それって、仕事の書類じゃないの？　だったら、何？　なんで隠そうとしているの？」

祐二はいつになく強い口調で晃一に訊いてしまった。

「い、いや、隠すというか、その……、よくわからないものだから……」

晃一が言葉を濁してしまうのを聞いて、その中身が自分に関係するものだと直感した。そして、素早く封筒に手を伸ばすと晃一の手からそれを取り上げた。

「だ、駄目だ。やめなさい。見ないほうがいい……」

慌てたようにベンチから立ち上がり、晃一がそれを取り返そうとする。だが、それを拒む祐二とちょっともみ合いになり、逆さまになった封筒の口が開き、中に入っていたものがこぼれ落ちて地面に広がった。

それは、銀行の書類なんかじゃない。写真だった。

「こ、これは……っ」

思わず息を呑み、あれほど入念に自分の顔をチェックしていった祐二の表情がみるみる強張る。

「な、なんで、こんなものが……」

地面に散らばっているのは、祐二の淫らな姿を映した写真だった。一枚だけじゃない。何枚もポーズを変えた姿がそこにあった。そして、祐二はその写真に見覚えがあった。

いつか健介が祐二の股間の毛を剃って、その姿を写真に撮ったことがある。あのときは絶対自分たち以外の誰にも見せないと言っていたのに、それがどうして晃一の手元にあるのだろう。

「すまない。やっぱり、持ってくるべきじゃなかったね。どこかで処分しようかと思ったんだけど、写真が写真だけにそこいらに捨てるわけにもいかなくてね」

それに、もしかしたら合成写真で、写っているのは本人ではないかもしれない。だったら、祐二に対して悪意を抱いている人間がいるということになるし、本人に確認するべきかどうか迷っているうちに、持ってきてしまったというのだ。

「これ、どこで手に入れたの？」

震える声でたずねると、晃一はますます困ったような顔になって答える。

「今朝、自宅を出るときに、家の前に見知らぬ男の人がいて、この封筒を差し出してきた。奇妙に思ったが、わたしの名前を知っていたのでね」

「それって、どんな人？」

「体格のいい、三十代の男性だよ。不精髭を生やしていてちょっと目つきが鋭かった。服装はフライトジャケットとワークブーツという格好だったね」

銀行で万一のことがあったとき、犯人をきちんと警察に伝えられるように訓練しているせいか、晃一はその男の特徴を他にも端的に口にした。だが、皆まで聞くこともなく、それが健介だということはわかった。

「あれは、もしかして……」

祐二の恋人かと訊こうとして晃一がためらっているので、地面に散らばった写真をかき集めながら言った。

「そ、そうだよ。恋人だった人。でもね、もう別れたから。俺、部屋を出たの。今は健介なんか関係ないから。これからは一人で生きていくって決めたんだ。だから、今日は関さんにも世話になったお礼とお別れを言おうと思ってきたんだ」

「ちょっと待ってくれないか。お別れって……」

本当はこんなふうに告げるつもりはなかった。もう少し、自分の気持ちを整理してから彼には最後の言葉を言おうと思っていた。でも、こんな写真を見られたら、もう恥ずかしくてまともに顔を見ることもできやしない。

「この写真ね、ふざけて撮ったの。カレシがカメラマンだから、こういうのもおもしろいだろうって。俺はいやだったけど、逆らってもしょうがないし、ぶたれるのもいやだったし……」

いい訳は見苦しいとわかっている。でも、まさか健介が晃一にこんな写真を見せるなんて思ってもいなかった。だが、それよりも一番恐ろしいのは、健介が祐二でさえ知らない晃一の自宅を突き止めて、そこで待ち伏せをしていたことだ。

祐二が休日でもちょくちょく一人で出かけることをいぶかしんでいた健介が、あとをつけたのかもしれない。近頃は調査会社の仕事をよく引き受けていたから、張り込みくらいお手の物だったのだろう。それにしても、晃一の自宅を突き止め、祐二との関係を疑い、こんな写真を渡すなんて最低だ。

「ごめんなさい。俺、健介とちゃんと話をしてくるから。それで、晃一さんにもうこんないやな思いはさせないようにするから」

自分が健介を避けることで、引き起こしたことなら自分で始末をつけるしかない。

「それでね、俺、東京を離れることにしたんだ……」

祐二はこの数週間の間ずっと考えていたことを呟くように口にした。

「東京を離れるというのは、故郷に帰るってことかい？」

「そうじゃなくて、どこか違う場所に行こうと思ってる。東京じゃない他の場所で人生をやり直してみようと思うんだ」

祐二は自分の決意を晃一に話しながらも、集めた写真を封筒に押し込んでいた。

「そんな……。ずいぶんと急じゃないか？」

「そうかもしれない。でも、本当は関さんに会った頃から考えていたことだから」

「そうなの？」

晃一はまだ写真を見た動揺を隠せないように、こちらに視線を向けずにいる。そんな彼の態度が祐二をひどく居たたまれない気持ちにさせるけれど、これ以上取り繕う言葉もない。情けなくて泣き出しそうな自分に何度も落ち着けと言い聞かせながら、話を続ける。

「関さんに言われてから、いろいろ考えたんだ。でね、俺と健介は一緒にいても駄目だってよくわかった。そりゃ、一度は好きになった人だけど、今は一緒にいると辛いことのほうが多い。気がつけば相手を傷つけることばかりしているし、こんなふうに他の人にまで迷惑をかけてしまうし……」

そう言いながら、手にしている封筒を強く握り締める。本当はビリビリに引き裂いてしまいたいけれど、そんな感情的な自分を見せたら、きっと晃一のほうが困惑してしまうに違いない。

「い、いや、そんなことはいいんだけど……」

「よくないよ。本当にこれだけ？　健介が関さんに渡したものって、他にもあるんじゃないの？」

　なぜかこのときばかりはいやなカンが働いてしまった。そして、しばしの沈黙が答えだった。晃一は重い溜息を漏らすと、やっぱり俯いたまま言った。

「実は、一週間前から自宅のポストにわたし宛の封書が何通か入っていてね。どれも、君と会っているときの写真だった」

「写真だけ……？」

　晃一が言い淀むのを見て、祐二のほうから言った。

「何か書いてあったんでしょ？　関さんを脅すようなことが……」

「まぁ、脅しというほどのことでもないよ。写真も一緒に会って話しているときのもので、過激なものは何もなかったしね」

　どうやら健介は祐二の行動を疑い出した頃から、あとをつけて二人でいるところを写真におさめていたらしい。晃一は言葉を濁しているけれど、きっと祐二のような人間とつき合いがあることを家族や会社にばらされてもいいのかと脅していたに違いない。

　そして、今日は極めつけに祐二の淫らな写真を持参して晃一に手渡した。今回の写真はあくまでも健介と二人きりのときに撮ったものだが、これを晃一と二人で会っている写真に添えられて第三者の手に渡れば、きっとその人はよからぬことを想像するだろう。

そして、一度立った怪しげな噂は、まことしやかに広がっていく。そうなれば、晃一は家でも会社でも厳しい目に晒されることになるだろう。そうなりたくなければ、祐二から手を引けと健介は忠告しているのだ。

「ごめんなさい、俺のせいでこんなことになってしまって……」

自分のせいで晃一を苦しめていることに深く心を痛めるとともに、こんな卑劣な真似をして健介を今となっては心底軽蔑していた。

「この写真は俺が処分するから、晃一さんは他のを捨てておいてくれるかな。それから、健介がきてももう相手にしないで。俺からもちゃんと健介に言っておくから」

それだけ言うと、祐二はずっと逸らしていた視線を晃一に向ける。もう会うこともない。そう思うと、最後に彼の顔をよく見ておきたかった。これまでの人生で出会った人の中で、一番好きな人かもしれない。多分、実の母親よりも、田舎で仲良くしていた友達よりも、もちろん恋人だった健介よりも、祐二は偶然知り合った晃一のことが好きだと思う。

たくさん親切にしてもらったし、楽しい時間を与えてもらった。これからどこか遠い場所に移り住んでも、きっと晃一のことは自分が東京にいた頃の大切な思い出となるだろう。

「今まで、ありがとう。それに、俺なんかのためにいっぱい時間を使わせてしまってごめんなさい。お仕事とかいろいろなこと、全部うまくいくように祈ってるから」

祐二はそれだけ言うと、ペコリと頭を下げて晃一に背を向ける。本当は最後にこの指先だけでもいいから、彼に触れたかった。ホテルに泊まったとき触れ合った腕と腕の温もり、自転車を避けたときに抱き締められたときの感触、膝をそっと撫でてもらったときの優しさ。なにもかもがすでに懐かしい。

それでも、これ以上甘えてはいけない。祐二はこの足で健介に会いにいき、もう晃一に迷惑をかけないでくれと言うつもりだった。何か誤解しているかもしれないが、自分と晃一の間には特別な関係はない。それに、もう自分は健介のものではないし、何を言われても殴られても彼の元に帰る気はなかった。

(それから、どこへ行こう……)

健介と話をつけたあと、行く先に宛はない。どこか地方の都市に紛れ込もうか、それともうんと田舎の人のいないような村に行ってみようか。自分なんかでもどこかで必要としてくれる人がいるかもしれない。そんなところを探してみて、どうしても見つからないようならそのときは諦めればいい。

誰も必要としていないということは、死んでも誰も悲しまないということだ。いっそそれなら、それでいいような気もしていた。

晃一から奪うようにして持ってきた封筒を握り締め、祐二が駅へと向かっていると背後から自分を呼ぶ声がした。

「祐二くん、待ってくれないか。ちょっと、待ちなさい」

晃一の声だった。なんで追ってきたのだろうと不思議に思いながら、祐二が一度その場に立ち止まり振り返る。すると、走ってきた晃一が息を切らせて目の前に立ち、両肩に手をかける。

「関さん……？」

「ちょっと待ってくれ。恋人とは別れたと言ったよね？　部屋を出たとも言ったね？」

荒い息でそうたずねられ、祐二は驚いたように彼を見つめながらも黙っていた。

「祐二くんっ」

答えを促すように名前を呼ばれて、ハッとしたように俯いて小さな声で言った。

「別れたというか、一方的に部屋を出てきただけ。健介のいないときを見計らって荷物を取りにいくこともあるけど、もうずっと顔を合わせてないから……」

「で、君は今どこで寝泊りしているの？」

「それは……」

公園のベンチや駅の地下道とは言えなかった。でも、晃一はちゃんと答えるまでつかんだ肩を離してくれそうにもない。いつになく真剣な目が怖いくらいだった。だから、祐二はわざと軽い調子で、なんでもないことのように言った。

「まぁ、その、ホームレスみたいな感じ。でも、大丈夫。まだ寒い季節じゃないし、地下道とかなら雨でも心配ないしね。それに、近いうちに東京を離れるから、それまでの間くらい辛抱できるよ」

案の定、祐二の答えを聞いて晃一は頬を引きつらせている。

「東京を離れて、どこへ行くつもり？　誰か知り合いとか、頼っていく人はいるの？」

そんな人はいないと首を横に振る。

「君一人で行くつもりなんだね？」

今度はしっかりと頷いてみせた。決心が揺るがないようにと、コンビニとクラブのバイトも辞めた。アパートの部屋からは身の回りの大切なものと最低限の着替えをスポーツバッグに詰めて、今はコインロッカーに入れてある。東京を離れるときは、あのバッグ一つを持って深夜バスに乗り込むだけだ。決まっていないのは、その行き先だけ。

なんなら、その日のその時間にロータリーに停まっているバスに飛び乗ってもいい。祐二の行き先はバスが決めてくれるだろう。

晃一は祐二の決心を読み取って、小さな吐息を漏らしてから空を仰ぎ見ていた。無謀なことをすると呆れているのかもしれない。けれど、ここにいてももうどうすることもできないのだ。

「そうか……。君は行ってしまうのか……」

「安心してよ。その前に健介とだけはちゃんと話をつけるから。二度と関さんの迷惑にならないようにしていくからね」

具体的にはどう話せばいいのかわからないけれど、とにかく晃一を脅したところで自分はもう健介のところに戻る気はないとはっきり伝えるつもりだ。そして、もしものときは証拠の写真を持って警察に行くこともやぶさかではない。

脅迫の罪を問われるのは健介も困るだろう。祐二の弱みだった写真が、反対に犯罪の証拠になる。それは、祐二がない知恵で一生懸命考えたことだった。だが、晃一はそれに賛成はしてくれなかった。

「やめなさい。別れた恋人に会いにいく必要はないよ。そんなことして、君に万一のことがあったら困るからね。それでなくても、ずいぶんと手の早い男のようだから。それより、君がどうしても東京を離れるというのなら……」

晃一はそこまで言うと、一度言葉を止めて大きく深呼吸した。思いつめた彼の顔を見ながら、祐二は訳のわからない緊張感に包まれて、口中に溜まった唾液をゆっくりと飲み下す。そのとき、晃一は祐二の肩を引き寄せて自分の胸に抱き締めると言った。

「だったら、わたしも一緒に行くよ」

何が起きているのかわからない。それは、高い秋空が崩れて落ちてきたかのような驚きで、祐二は目を見開いたまま晃一の胸の中でいつまでも身動きを忘れていた。

◆◆

その日の夜から、祐二は週単位で借りられる部屋に寝泊りすることになった。晃一が手配してくれて、費用も支払ってくれた。金銭的に世話になるのは本意ではなかったが、晃一がとにかく外で寝泊りするのだけはやめなさいと言うので、従うしかなかった。

健介に会いにいくのも止められた。下手に話がもつれて、激昂した健介が祐二を傷つける可能性があるというのがその理由だ。確かに、過去にもDVが繰り返されてきたし、晃一を脅迫するような真似をしていたのだから、今の健介が冷静な状態とは思えなかった。

「わたしのことなら心配しなくていいよ。脅迫を受けたとしても、ちゃんと対処の仕方は心得ているから。卑怯な手口には毅然と対応するだけだ」

それに、何も疚しいことはしていないのだから、怯えることはないと晃一は言う。晃一との間には何もない。それは事実だ。ときおり会って、一緒に図書館や美術館に行き、食事をして別れるだけ。ホテルに泊まったときも、晃一はロビーまできてチェックインだけしたら帰るか、部屋まできても祐二が落ち着くのを見たらそのまま帰ってしまった。二人の間には健介が想像していることは何もない。でも、東京を出る日までの仮の宿で、祐二は何度も晃一があの日言った言葉の意味を考えていた。

『わたしも一緒に行くよ』

晃一ははっきりとそう言ったのだ。もちろん、最初は冗談だと思っていた。あるいは、晃一の不器用な慰めの言葉のようなものだと思った。だが、そうじゃなかった。晃一はあくまでも本気だったのだ。

その日の夜も、仕事を終えた晃一が祐二の部屋にやってきた。

「ごめんね。少し仕事が長引いてしまって。いろいろと片付けておかなければならないこともあってね」

「片付けって……」

「ほら、急にいなくなるわけだから、次の人が速やかに仕事を引き継げるように簡単なものでもマニュアルを残しておいたほうがいいだろうからね。それに、妻にも会社からの問い合わせがあるだろうし、給与や退職金の規約などを今一度確認して、整理しておかなければならないし……」

晃一はそう言いながら、祐二のために買ってきた晩御飯のチャイニーズのテイクアウトの箱をテーブルの上に並べている。

「お腹が空いているだろう。わたしも今日は夕飯がまだでね。妻にも残業と言ってあるし、ここで一緒に食べてもいいかな？」

自分で代金を支払っている部屋にいて、自分で買ってきた食事を並べながら遠慮気味に訊かれたら、祐二のほうが困ってしまう。

それに、一人で食べる食事は味気ない。晃一と一緒に食べるほうが祐二だって嬉しいに決まっているから急いで簡易キッチンから備え付けの皿を持ってきて、ポットに湯を沸かしお茶の用意をする。

小さなテーブルを囲んで二人で遅い夕食を摂りながら、祐二はチラチラと晃一の顔を見て彼の真意を今訊こうか、あとで訊こうかと迷っている。

この人は本気で祐二と一緒に東京を離れるつもりなんだろうか。家庭もあるし、りっぱな仕事も持っている。多くの人が彼を必要としていて、いきなりいなくなったりしたらみんなが驚くだろうし、困るに決まっている。そんなことがわからないわけがないのに、どうして祐二と一緒に行くだなんて言うのだろう。

同情されているだけなのかもしれない。それは何度も考えたことだ。そして、勢いで一緒に行くと言ったものの、今はどうやって前言を撤回したらいいのか迷っているんじゃないだろうか。

小皿に取り分けた上海焼きそばと鳥のレモン煮を箸で交互に摘みながら、祐二は晃一の顔をチラッと見てたずねる。

「あ、あの、本気なの？」

「何がだい？」

「だから、俺と一緒に東京を離れるってこと……」

戸惑いを隠せずに問う祐二の顔を見て、晃一は紙ナプキンで自分の口元を拭いながら微笑む。

「もしかして、わたしが言ったことは信じてもらえていないのかな？」

ちょっと恨めしげに言われて、祐二は恐縮しながらも返事に困る。すると、晃一は小さく吐息を漏らし、湯のみのお茶を一口飲んでから言う。

「無理もないか。祐二くんからしてみれば、わたしが東京を離れる理由なんてないと思っているだろうからね。でも、わたしももう限界なんだ……」

「限界？　関さんが？　それって、どういうこと？」

祐二は割り箸を置いて、晃一の顔をじっと見る。

この数ヶ月の間、晃一に会うたびに彼の温かさや優しさに触れてきた。けれど、そんな穏やかな笑顔の裏で、何かが彼を蝕《むしば》んでいるというのだろうか。彼の言う限界という言葉には何が隠されているのだろう。

じっと晃一の顔を見つめてその返事を待っていると、やがて彼は珍しくネクタイを緩めて椅子の背もたれに体をあずけている。これまではどんな場所でもどんなときでも、きちんと背筋を伸ばして身なりを崩すようなことはなかった彼が、このときはまるで鎧《よろい》を脱いだように疲れた様子を見せた。

「わたしはね、少し疲れてしまったんだよ。そして、そんな自分に少し失望している」

「なんで？　関さんのことはよくわからないけれど、仕事だって家庭でだって大変だけど大丈夫だって言ってたよね？」

晃一は力のない笑みとともに頷くと、どちらもどうにかやっていると言う。どうにかというのはどういう意味だろう。祐二がそのことをたずねると、晃一は両手をテーブルに置いてこれまでと変わらない静かな口調で言った。

「正直に言うとね、半年ほど前からかかりつけの医師に精神安定剤を処方してもらっている。ときどき、ひどく気持ちが塞ぎ込むのでね。でも、これくらいのストレスは誰でも抱えているものだし、ゆっくり休んで好きな書でもやっていれば治ると思っていたんだけどね……」

ところが、日が経つにつれて晃一の心は彼自身も思わぬ深みにはまっていった。家にいて家族と話していても以前のように心安らぐことがない。妻といてもどこかよそよそしさを感じる。晃一は息子のことをずっと言っていたが、本当はそれだけではなくて娘や妻に対しても距離を感じていたという。

彼女らや息子が自分を排斥《はいせき》しようとしているわけじゃない。それはわかっているのに、自分が彼らのほうへと歩み寄れない。いい父親でいい夫であろうとしているのに、すべてが空々しい演技のようになってしまい、そんな自分自身に失望する。

「わたしはずっと佐々木先生のように生きられたらと思いながら、何もできないでいる自分に歯がゆい思いをしてきた。でも、本当は彼のように大きな志があるわけでもない。何をすればいいのか、ずっと迷い、悩んでいるばかりだった」

佐々木先生と晃一が言ったのは、祐二の額の傷を縫ってくれたあの医者のことだ。晃一は彼の生き方に大きく影響を受けているみたいだが、本人は彼のようには生きられない自分にジレンマを感じているという。でも、社会貢献の仕方は人それぞれだ。晃一のように銀行に勤め、地域の清掃活動をするのだって、社会的にはりっぱな意味があると思う。

だが、晃一の心はあの頃からずっと迷路を彷徨い続けていたようだ。

「君と初めて会ったとき、ギャラリーで所在なさそうに菓子を食べている姿を見てなぜか心が痛くなった。それは、同情とか哀れみとかじゃないんだ。まるで自分を見ているような気がしたからだよ。君は心がどこにも行けなくなった寂しい子どものようだった。だから、この腕で抱き締めたくなって、気がつけばギャラリーから飛び出して声をかけていた」

「関さん……」

まさか、あのときの自分を見て晃一がそんなことを考えていたなんて思いもしなかった。

「だからといって、ただの思いつきで東京を離れるわけじゃない。それだけは君にわかってほしいんだ」

そう言ったあと、晃一は自分の胸の内をどう話そうかと思案している様子を見せてから、いつもの優しい笑顔になった。

「きっと恵まれた人生だったと思う。経済的な苦労というものを知らずに生きてきたこともそうだし、見合いだったが愛しいと思う人と出会い結婚もした。娘と息子を授かって、二人ともそれぞれにりっぱに成長してくれている。何に文句があるんだと言われれば、本当にこれ以上の贅沢やわがままを言える身ではないと思っているよ」

もちろん、すべてが満たされているわけでもなく、彼なりの悩みがあったことは知っている。大切な息子とうまくコミュニケーションできない自分とか、銀行で誰をリストラすればいいのかとか、祐二には到底理解できないような複雑な問題を晃一は抱えていた。あるいは、祐二が知らないところで彼が抱えていた、娘や妻に対する問題というものもあるのだろう。

「でも、結局それらの問題のすべては、わたしが無力だから起きたことだと思う。一生懸命に築き上げてきたものも、ふと振り返ってみればひどく心許ない砂の城のように見えた。そんなものは一晩の嵐で翌朝には消え去ってしまうんだよ」

自分は人生の長いレールを順調に歩いてきたはずなのに、己の足跡があまりにも薄く、ときには風に飛ばされた砂に埋もれていく。それを見たときの虚しさに、晃一はどうしようもない絶望を感じてしまったという。それは、まだ二十三という若い祐二にはわからないことだった。でも、次の瞬間晃一が言った言葉に、祐二は震えるほどの衝撃を受けた。

「ここにはわたしの居場所はない。いつしかそう思うようになったんだよ」

この人もまた、自分と同じように都会の中で孤独を噛み締めてきたのだ。家族や職場という、帰属する場所がありながら感じる孤独というものは、どれほどまでに冷たいものだろう。きっと、祐二のように最初から誰も身の回りにいない人間が感じるのとは違う、計り知れない孤独じゃないだろうか。だから、思わず祐二が叫ぶように言った。

「違うよ。そんなことないよ。関さんはちゃんとやっていたと思うよ。俺なんかが言うことじゃないかもしれないけど、関さんは無力じゃないよ。きっと誰もがあなたのことを大切に思っているし、頼りにしているんだから」

それでも、晃一は諦めにも似た笑みとともに言う。

「ありがとう。そんなふうに言ってもらえて、少しだけ心が救われる。でも、もういいんだ。わたしは、自分を本当に必要としてくれる人と生きていきたい。それは、妻でも娘でも息子でもない。ましてや職場でもない。彼らは明日わたしがいなくなっても、一日は動揺し、数日は嘆いてくれるかもしれない。けれど、わたしの代わりは必ずいるし、わたしのいない人生を再構築するだけの力があると信じている」

「そんな……。きっと辛いと思うよ。みんな泣くと思うし……」

祐二には、そんな拙い言葉しか思いつかない。彼が一緒にきてくれることを心の底では強く望みながら、そんなことをさせてはいけないというなけなしの理性もある。それは、祐二が晃一のことを本気で好きだからこその迷いだった。

自分が甘えることで、この人の人生を取り返しのつかないものにしてはならない。頭のよくない祐二でも、それくらいのことは考えられる。だが、そんな不安をあっさりと払拭するほどに、晃一の決意は明確だった。

「わたしは、もうレールから下りることにしたんだ。家族や多くの人に迷惑をかけることもわかっているし、自分がどれほど無責任な真似をしようとしているかもわかっている。けれど、多分わたしは限界なんだよ。このままだと心が壊れてしまう。そうなったときの醜悪な自分を親しい人に晒したくはない。そういう形で迷惑をかけたくもない。これもまた身勝手だと言われればそうかもしれない。けれど、これまで自分のやれることは一生懸命やってきたつもりだ。自分の人生に、たった一度のわがままを通してみたくなったんだ」

こんなに追いつめられていて、人生で大きなものを捨てようとしているのに、不思議なくらい晃一の表情は穏やかだった。本当にこの人にはもう迷いがないのかもしれない。

「君が東京を離れると言ったとき、自分にもその機会が与えられたような気がした。君はわたしを必要としてくれるかい？　もしそうなら、一緒にどこか遠くへ行こう。でも、もしそうでないなら、今この瞬間に言ってくれないか。自分の道を歩み出そうとしている君の重荷になりたくはない。わたしはわたしの道を探すことにするから」

晃一のその言葉を聞いたとき、祐二は生まれて初めて痛いほどに胸を締めつけられるという思いを味わった。自分の境遇を嘆く以上に、恵まれていながらも孤独に苛《さいな》まれている人の胸の奥に潜む孤独に震えてしまう。

ずっと寂しかったのは自分だけじゃなかった。都会の中で悠々と生きているように見えた晃一でさえ、これほどまでに苦しんでいたのだ。

そのとき、祐二はたまらずテーブルの上の皿の横に顔を突っ伏して泣いた。まるで子どものようにワンワンと声を上げて泣いてしまった。自分自身が悲しくて、それと同じくらい晃一が可哀想で、どうしようもないほどに涙がこぼれて止まらなかった。

「祐二くん？」

取り乱して泣く姿に戸惑ったように声をかけ、伸ばした手で祐二の背中をそっと撫でてくれる。

この人と自分が同じだったなんて、思ってもみなかった。あまりにも違う境遇とあまりにも離れた年齢。自分たちに共通点などどこにもないと思っていたのに、実は心の奥深くに抱えていた不安と願いがまったく同じだった。

本当に自分を必要としてくれる人と一緒に生きていきたい。ただ、それだけの願いだった。

祐二にとっては、それは自分が生きていく目的であり、望みのすべてだった。故郷を捨てて東京に出てきたのも、そんなたった一人の人を見つけるためと言っても過言ではない。また、晃一にとっては長い旅路を歩いてきて、ふと己の半生を振り返ったときの虚しさに震え、それを求めるようになったのだろう。

祐二にとっては身も心も寄せ合って生きていける人なら、それ以上のことは望まない。けれど、本当に晃一にとって自分はそれだけの存在なのだろうか。

「俺ね、東京に出てきてから、生きていくために汚いこともいっぱいしてきたんだ。本当はお金がほしくて売りをしたこともある。他にも関さんに言ってないことがいっぱいあるんだ」

「その年で一人都会に出てきて生きてきたんだから、大変なこともあったと思うよ」

「なのに、本当に俺でいいの？　本当に俺と一緒に行ってくれるの？　何もかも持っているのに、全部捨ててしまうことって怖くないの？」

祐二が止まらない涙を手のひらで何度も拭いながら訊くと、晃一は笑って頷いてから言う。

「怖くないよ。もう決めたんだ。何も迷いはない。わたしは君と一緒にどこか遠いところへ行きたい。そこで、二人してやれることをやって生きていこう。一人だと寂しくて怖いことも、二人だときっと乗り越えられると思うから、新しい人生を探しにいこう」

それは、寒空の下で凍えるような夜を過ごしたことのない人の言葉だ。やっぱり、この人はどうしようもない「苦労知らずのお坊ちゃん」だと思った。現実の厳しさを知っているようで知らない。でも、だからこそ迷いがないのかもしれない。

祐二はずっと晃一の親切に甘えてきた。が、このとき初めて、自分がこの人を守ることができるかもしれないと思った。けれど、そのためにはどうしても彼のことをもっと深く知りたい。

涙を拭った祐二は晃一の顔をじっと見上げると言った。

「じゃ、これからずっと一緒ってことだよね？　だったら、お願いがあるんだ。俺のことを好きになってほしい」

「君はとてもいい子だ。心根も優しいし、人の言う言葉にきちんと耳を傾ける素直な心の持ち主だ。わたしはとても好きだよ」

それだけじゃない。これから一緒に生きていくのなら、晃一には乗り越えてもらいたいものがある。いずれ祐二が耐えられなくなったとき、晃一がうろたえて逃げ出すことがないという確証がどうしてもほしかったのだ。

祐二は食事の途中で席を立ち、向かいに座る晃一のそばに立つ。

「俺がほしいのはそれだけじゃないんだ。俺ね、関さんに抱いてほしい。心だけじゃなくて、体も一緒に好きになってもらいたいんだ」

「祐二くん……」

ずいぶんと無謀なことをねだっているとわかっている。結婚して子どもまで作っていた晃一に、五十を過ぎた年になって男を抱けと迫るのは酷な話だろう。それでも、これだけは祐二にとって一緒に生きていくのに譲れないことだった。

晃一と暮らしながら他の男に抱かれるような真似はできない。だからといって、まだ二十三の祐二がプラトニックな恋愛感情のまま晃一と一緒に暮らすというのは、あまりにも現実味のない話だった。

抱けないなら、それでいい。二人は互いに心を寄せ合っていたとしても、そのまま別れるしかない。祐二は一人でひっそりと東京を出るし、晃一もまたどうしても今の現実から逃げなければならないなら、祐二とは違うバスなり電車なりに一人で乗ればいいだけだ。

りっぱな大人の彼が、すべての責任を放棄して今の現実から逃げようとしているのだ。たとえ祐二がいなくなっても、晃一は晃一で計画を実行するだけの覚悟はできているはずだ。

割り箸を置いて、すっかり困ったように俯く晃一を見ていると、やっぱりそれをこの人に望むのは無理だったのかもしれないと思った。

祐二はゆっくりとその場にしゃがむと、晃一の膝に両手を置いてその上にそっと頬を寄せる。この人の温もりは何度も祐二を救ってくれた。だから、そんな優しい人を困らせたいわけじゃない。

「ごめんなさい。俺、困らせてるよね。わがまま言ってるってわかってる。そんなこと、普通はできなくて当たり前だもの……」

それでも寂しい気持ちは拭えずに、込み上げてきそうになる涙を懸命にこらえていた。するとそんな祐二の頭を晃一の手が撫でる。

「君の言っていることはもっともだと思うよ。無理でもわがままでもないさ。ただ、わたしは……」

晃一が言い淀むので祐二は額を彼の膝に押し当てるようにしたまま、首を横に振った。

「いいんだ。本当に、わかってるから」

やっぱり、明日にでも一人で東京を離れよう。最初から一人でどこかへ行くつもりだった。晃一の言葉にぬか喜びをしたけれど、結局は計画が元に戻ったということだ。

ところが、自分の肩をつかんでいる晃一の手から身を離そうとしたら、彼がそれを引き止めて言った。

「そうじゃないよ。実は……、わたしもそうしたいと思っているんだが、つまり、その……、そういう経験がないので、どうしたらいいのか……」

「え……っ？」

晃一の言葉に祐二が驚いて顔を上げる。

「ほ、本気で言ってるの？　もしかして、同情して、無理してるんならやめてよ。俺、よけいに惨めになるから」

だが、晃一は照れながらも真剣な顔で祐二のことを見つめている。

「同情なんかじゃない。こんなことは無理してどうなるものでもないだろう。わたしは、息子と変わらない年の君がとても愛しいと思う。もちろん、息子に対する感情とはあきらかに違う。そして、妻への愛情も違う。何かうまく言葉にできない思いがあるのは確かで、それをどうやって伝えたらいいのかわからないんだ」

その言葉を聞いたとき、正直一緒に東京を離れると言われたとき以上の驚きだった。考えてもいなかったことが現実になって、祐二のほうがオロオロしてしまいそうだった。

でも、自分がそんな態度では晃一はもっと困ってしまうだろう。祐二は自分の肩に置かれていた晃一の右手をつかむと、両手で握り締めてから口元へ持っていく。

「全部俺がするから、関さんはじっとしていてくれたらいいよ。できるだけ気持ちよくなってもらいたいけど、もしどうしても駄目なときはちゃんと教えて」

そう言って晃一の指先に口づけると、立ち上がって彼の手を引く。自分から誰かをベッドに誘うのは初めてのことだ。健介と暮らしていても、いつも求められるから応えていただけで、自分からそれを望んだことはなかった。

同棲を始めた頃は、まだ男同士のセックスに慣れていなかったせいもある。だが、慣れてきた頃には健介の愛情をどこか醒めた気持ちで受けとめるようになっていた。そして、いつしか傷を嘗め合うような愛し方しかできなくなっていた。

何度体を重ねても、そこにあるのはその瞬間だけの温もりでしかない。心はどこかに置き去りにされていて、祐二は二人でいても一人でいるような不安と心細さに苛まれてきた。でも、今は心からこの人と体を重ねたいと思っている。それだけじゃない。自分ができることならどんなことでもして、この人を気持ちよくしてあげたい。

「祐二くん、わたしは……」

ベッドに座った晃一が何か言おうとしたので、祐二は彼の唇に自分の唇を重ねた。健介とは違う唇の感触だった。少し薄い唇が戸惑いを感じて小さく痙攣《けいれん》している。

晃一はどんなふうに女性を抱くのだろう。そのとき、ふとそんなことを考えた。書を見て微笑み、祐二を見て優しく語りかけ、銀行で背筋を伸ばして接客をし、家庭ではいい父親であろうと努力している人の中には、どんな欲望が眠っているのだろう。あるいは、セックスのときでさえ彼はどこまでも誠実に相手を思いやりながら、己自身を解き放つのだろうか。

「俺も、東京に出てくるまでは何も知らなかった。でも、男同士でもちゃんとできるからね」

今一度、晃一に言い聞かせようとしたときだった。

ベッドに座っていた晃一が祐二の体に両手を回して、力をこめて抱き締めてきた。

「関さん……？」

「何もしないではいられないよ。君のように愛らしい子に触れていいのなら、とても嬉しいんだから」

そう言うと、今度は晃一のほうから唇を重ねてくる。

あまり上手なキスじゃない。健介のキスしか知らない祐二でさえそう思った。でも、それが不思議なくらい祐二の官能を煽る。この人と抱き合い、身も心も一つになったなら、そこにはどんな快感があるのだろう。

二人は折り重なるようにベッドに倒れ込む。祐二は晃一のスーツを脱がして、シャツの前を開いていく。案の定、白い肌着を着ているのを見て小さく笑みを漏らしてしまった。

「何かおかしいかな？」

晃一の戸惑う顔に、慌てて首を横に振る。

「それより、俺なんかを見て興奮できる？　無理なら目を閉じて女の人のことを考えていてもいいよ。だから、下に触らせてね」

　そう言うと、祐二が晃一のズボンの前を開こうとする。

「あっ、そこは……」

「ここに触りたいんだ。大丈夫、病気とかないから。献血のときに調べてもらってるし、先月も陰性だった。あれからは健介ともやってないから安心してね」

「いや、そうじゃなくて、本当はわたしのほうがそういうことをしたほうがいいんじゃないかと思って……」

　そういうことというのは、相手への愛撫ということだろう。男同士のセックスなどまったく知らないのに、律儀に祐二にそれをしようというのがなんだかおかしかった。

「いいよ。俺のほうが慣れてるんだから。今日は何もしないで、気持ちよくなってくれたらそれでいいから」

　そう言うと笑って晃一の股間に顔を埋める。想像していたよりもりっぱなそれに、恥ずかしいけれど嬉しい吐息が漏れた。

　銜えて嘗めているうちに、じっとこらえていた晃一が微かに声を漏らした。と同時に、股間が勃起していくのがわかった。祐二の愛撫で感じてくれている。そう思った瞬間、体の奥からカァッと込み上げてくる思いがあった。

いざとなって、完全に拒まれても仕方がないという覚悟はあった。もしそうなったときは、やっぱり傷つくだろうと思っていた。けれど、晃一の体は祐二を受け入れてくれようとしている。この行為と感触と祐二の肌の温もりを、少なくとも嫌悪とは思っていないということだ。

今はそれだけでもいい。何もしてくれなくても、それだけで充分だ。このまま、自分の口の中で晃一を解放へと導けば、最高に幸せだと思っていた。

ところが、晃一はそれをさせまいと祐二の頭をそっと自分の股間から押しのけようとした。

「ど、どうして……?」

やっぱり、こんなことは理解できないと拒まれた気がして、祐二はたまらず泣きそうになって彼の顔を見た。が、晃一は大きな吐息を漏らしたかと思うと、祐二の手をつかみ自分の胸へと引き寄せる。

「ごめんなさい。やっぱり、駄目だった……?」

そう言った瞬間、祐二の体が抱きとめられたまま返された。気がつけば、晃一が祐二の体をベッドに押さえつけるようにして見下ろしている。

「そんなことはない。ほら、見ればわかるだろう。ちゃんとその気になっているんだ。でも、君にしてもらうばかりというのは心苦しくてね。わたしも同じようにすればいいのかな？」

「えっ、してくれるの？　気持ち悪くなったりしない？　いやならしなくてもいいんだからね」

心配して言うと、晃一は優しく笑ってキスをしてくれた。情熱的なキスじゃないのに、なぜか気持ちが痛いほどに伝わってくる。三度目に唇を重ねた今、祐二はこの人のキスが好きだと心から思った。

「何か間違っていたら、その都度教えてくれるかな。あまり器用なほうではないのでね」

知らないことを教わろうとする姿勢は、まるで習い事を始めたばかりの中年の生徒のようで、どこまでも生真面目な態度だった。それでも、晃一のそこはちゃんと反応している。それが、祐二にはなによりも嬉しかった。

「こういうことを言うのは失礼なのかもしれないが、君は色が白くてとてもきれいだよ。愛らしい顔も中性的で、あまり男性を感じさせないところがある」

「昔から女みたいってよく言われた。関さんはこんな俺の顔、嫌いじゃない？」

「どちらかと言うと好きだな。いや、とても好きなのかもしれない」

馬鹿正直な答えは、歯の浮くような褒め言葉よりもずっと本当だとわかるから安心する。

そして、晃一は手始めに祐二の首筋に唇を当てると、そっと胸へと動かしていく。触れられているだけの愛撫なのに、股間がアッという間に痛いくらいに張りつめていく。はしたない声を上げそうになって、何度も唇を噛み締めるが、晃一は懸命に愛撫を続けていた。唇と同様に指先もまた何かを探るようにして、祐二の体に触れてくる。少し遠慮がちなのがわかって、それがなんともくすぐったいが、晃一の手のひらはやっぱり温かかった。

やがて、わき腹から腰骨をかすめ、彼の唇がついに祐二の股間まで下りていく。

「あの、無理しなくてもいいよ。本当に……、あっ、ああ……っ」

そこまでのことは望んではいないと言いかけたとき、晃一が祐二のペニスを唇で挟むのがわかった。それればかりか、舌先で先端を嘗めていたかと思うと、一度唇を離して言った。

「なぜだろう。不思議なんだけれど、君のものは平気みたいだ。少し奇妙な気もするけれど、何か淫らな気持ちになるね」

同性の性器に己の唇で触れて、困惑はしながらも晃一ははにかんだように言った。戸惑いだけじゃない。祐二に触れてそこに快感の片鱗を見つけてくれた。ならば、きっとこの人は自分のすべてを受け入れてくれるはず。祐二は迷いもなくこの人と一つになりたい、ならなければと思った。

「ああ……っ。んんっ、んっ」

さっきまでこらえていた声を漏らし、身を捩る。それでも、晃一の口と指での愛撫が続いていた。そのうち、勃起した股間が弾けそうになり、祐二は慌てて自分の腰を引いた。

「どうしたの？　何かまずかったかな？」

顔を上げた晃一が心配してたずねるので、そうじゃないと首を横に振る。これもステキだけれど、もっとほしいものが祐二にはあった。だから、ベッドの横に置いてあった自分のスポーツバッグのサイドポケットに手を伸ばすと、取り出したものを握り締めたまま晃一に言った。

「俺ね、一緒にいきたい。それで、関さんには俺の中でいってほしいんだ」

ベッドであらためて向かい合うと、なんとも言えず気恥ずかしい気持ちになる。それでも、今以上の快感の高みへと彼を導くことができれば、この先も二人はずっと一緒にいられるはずだ。それは、体の快感だけでなく、確かに心まで繋がるための大切な儀式のように思えた。

「ちょっとだけじっとしていてね」

そう言うと、祐二は口で袋を噛み切って出したコンドームを晃一のものに被せる。嬉しかったのは、この時点でも彼のものが萎えていなかったことだ。

「病気はなくても後ろに入れるから、ちゃんと使わないと駄目なんだ」

ちょっとはにかんだように言うと、晃一は感心したように「そうなんだ」と頷いてみせる。それから、祐二は自分の後ろをほぐすために、コンドームと一緒に取り出した潤滑剤《じゅんかつざい》を手に取った。

「それは……?」

晃一が訊いたのは知らないことへの好奇心だとわかっているが、口では説明しにくくて祐二は笑ってごまかす。そして、自分の指で後ろをほぐしながら、もう一度晃一の唇に自分の唇を重ねる。

くちゅくちゅと唾液の絡み合う音がして、狭いホテルの部屋に淫靡《いんび》な空気が広がっていた。こんなにも清潔感に溢れた人なのに、やっぱりその皮膚の下にはちゃんと欲望が隠れていたのだと知って、たまらなく嬉しかった。自分とはまるで違う世界に生きている人だと思っていたけれど、重ねた体は同じように熱くなれるのだ。

「関さん、俺ね、あなたのことが好きなんだ。本当に好きなんだ」

祐二はにっこり笑って言った。すると、晃一は祐二の顔を真っ直ぐに見つめて言う。

「わたしも君がいいな。一緒にいてとても心が落ち着くし、その反面とても気持ちが高ぶる。これはどういう感情なんだろう」

いつも穏やかな表情の彼なのに、このときは初めて見る興奮した面持ちで、祐二の体を強く抱き締めてきた。祐二はそんな彼をベッドにそっと仰臥《ぎょうが》させる。

「関さんは初めてだから、俺が自分で入れるね」

そう言うと、彼の腰の上に自ら跨った。

「ここ、わかるかな？　ちゃんとほぐしておいたから、ちょっときつくても全部入れてね」

誘うように腰を浮かして言うと、晃一は何度も頷きながら自分のものに手を添えてその部分を探っている。女性とは違う位置にあるから、最初はうまく見つけられなくても無理はない。祐二は彼のものを自ら慣らした窄まりに導くと言った。

「ここだから。このまま入るからね」

「本当に大丈夫なんだね？　君は苦しくない？」

頷いた祐二の顔を見て、晃一もわかったと頷いてくれる。そして、祐二がゆっくりと自分の体を沈めていった。

「ああ……っ」

痛みではなく押し開かれて満たされていく思いに、たまらず深い吐息が漏れる。その声とともに、晃一もまたわずかに眉間に皺を寄せ、長い息を漏らしていた。一番深いところまでこの人を呑み込んで、完全に一つになってしまいたい。

焦る気持ちを宥めながら、さらに時間をかけて腰を落とす。自分ならかまわない。一気

に最奥まで突き入れられたところで平気だし、わずかな痛みや慣れた圧迫感はむしろ快感を呼び起こす。でも、そんなふうにして晃一を驚かせたくはない。それに、初めてだからこそ、男同士のセックスをちゃんとわかってほしいと思っていた。

「ねぇ、大丈夫？　いやじゃない？」

祐二は彼の顔を見下ろして訊いた。晃一は微かに頬を緩めてみせる。そればかりか、

「とても、いい」と呟くように言ってくれた。

「そう、よかった」

安堵とともに言うと、意外にも晃一が祐二の腰を自分の両手でつかんで引き寄せようする。潤滑剤の滑りでズルズルと晃一自身を銜え込んでいくと、震えるような快感が体中を駆け抜けていった。

健介に抱かれているときとは違う。今の自分には心がちゃんと寄り添っている。この体を抱いてくれている人への思いが胸の中にあるのだ。

「ああ……んっ、くぅ……ぅん」

喉を鳴らすように甘い声を上げたときだった。晃一が上半身を起こして、繋がったままで祐二と自分の体を入れ替えた。

思いのほか強い力で腰を持ち上げられて、驚いている間に背中がベッドに押しつけられ

ていた。と同時に、晃一が覆い被さってきて、優しい顔がどこか遠慮がちに訊いた。

「動かしてもいいのかな?」

もちろんそうしてほしくて、祐二は何度も頷いた。

「苦しかったら、ちゃんと言うんだよ。君に無理をさせたくないから」

「無理なんかじゃないよ。こんなふうに抱かれるのが好きなんだ」

そう言うと、晃一は大きく深呼吸をしてから、ゆっくりと祐二の体の中を彼のもので擦りはじめる。祐二がそれに合わせるように勃起した自分自身を擦ろうとしたら、嬉しいことに彼も手を添えてくれた。

「うまく一緒にいけるだろうか」

ちょっと心配そうに上擦った声で訊きながら、規則正しく腰を打ちつけてくる。体を揺らしながら体に祐二はそうなりたいと涙目で答える。

「うん、いきたい。一緒にいきたい……っ」

そう言った瞬間だった。晃一の手が祐二の股間をぎゅっと握り、先端を指の腹で撫で上げた。そして、自分自身は祐二の体の一番深いところに入ってきて、しばらくそこで動きを止めた。

「あぅ……っ、ああ……っ」

声を漏らしたのは祐二だけだった。張り詰めていたそこが晃一の手の中で弾ける。そして、晃一は静かに吐息だけを漏らして、祐二の中で果てていた。

コンドーム越しに感じる熱なのに、それはとても温かい。じんわりと自分の体の中に染み渡っていくのは、晃一の気持ちだろうか。その優しい気持ちを受けとめて、祐二は大きく安堵していた。

やっと手に入れた。この人はとても大切な人だ。彼の家族が返してほしいといっても、祐二だってもう晃一を失いたくはない。幸せとともにやってきたのは、手放したくないと思う新たな不安。一つのベッドで体を重ね合い、これから先の日々を思い浮かべる。

二人は一緒に生きていける場所を見つけることができるだろうか。二人はこの先も離れずに互いのそばにいられるだろうか。不安は数えればきりがない。

「祐二くん……」

晃一が名前を呼びながらそっと髪を撫でてくれる。

「わたしは、うまくできたのかな?」

彼が不安そうにそんなことを訊く。

「上手だったよ。俺、すごく気持ちよかったもの。でも、関さんは?」

「わたしも、とてもよかった。こんなにも気持ちが高ぶったのは久しぶりだった。君は、その、なんと言うか、思ったより……」

急に晃一が言葉を詰まらせたので、祐二が隣で横になったまま額を彼の二の腕に擦りつけながら訊く。

「ちゃんと言って。でないと、よけいに恥ずかしいよ」

思ったより淫らというなら想像していたとおりの言葉だ。ところが、晃一は自分のほうが照れくさそうな顔になって言った。

「君は、とても魅力的だね。その、一人の人間としてもだけれど、その愛らしい容貌とその体もそう思うよ」

こんなふうに人に褒めてもらったことはない。なんだかもってまわったような言い方なのに、今の祐二にはすごく心に響く言葉だった。

「俺のこと、気に入ってくれてよかった。でも、こんなこと、しょっちゅうでなくてもいいからね。俺はいつでも好きな人に抱かれたいけど、関さんの気持ち次第でいいからさ」

「本当にそれでいいなら、もう一度君の体に触れてもいいかな？　なんだかたった今抱き合ったのが夢の中の出来事のようでね。ちゃんと君がそばにいると確かめたいんだ」

「触るだけでいい？」

「ああ、それで充分だ。すまないね。年が年なもので、君を充分に満足させられなかったかもしれないけれど……」

晃一が申し訳なさそうに言うので、祐二はそんなことはないと首を横に振ってみせる。

「一緒にいるだけでも夢みたいなのに、抱いてもらってすごく嬉しいんだ。だから、今夜はこのまま眠ってしまいたい」

「ああ、いいよ。疲れているんだね。ゆっくり眠って、明日は元気な顔を見せてくれると嬉しいよ。わたしが心を許せるのは君だけだ。君の笑顔だけがわたしの救いだから……」

少し心を患《わずら》っているらしい晃一には、心を許せる人が誰もいない。これまで心底大切にしてきて、誰よりも自分に近い存在だと思っていた家族でさえ、今の晃一にはよそよそしく遠い存在なのだ。そんな彼にとって唯一心を開き、穏やかな気持ちで話ができるのは祐二だけだという。

この人を守ってあげたい。自分のできることなら、彼のためになんでもしてあげたい。こんな気持ちは、都会に出てきて、ずっと知らずに生きてきたことだ。非力で無力で金もなく夢もない自分。そんな自分を守ってくれたのは健介だった。それは、確かに間違いない。これまで彼の腕の中で、どれほど人生の雨風をしのいできたかわからない。それでも、もうその庇護《ひご》に甘えることはできないし、したくもない。

晃一は己の人生を捨てる際、多くの人に迷惑をかけると案じている。今はその迷惑ができるだけ少ないようにと、ひたすら準備をしているのだ。

祐二はといえば、身の回りで整理することなどたいしてなくて、ふと思い出すとしたら健介のことだけだった。

(ごめんね……。でも、俺は本当に好きな人と生きていくから)

健介を愛していた日々もある。今になってそれがなかったなどと、彼を突き放す気はない。ただ、今の祐二には晃一のことしか考えることができない。単なる心変わりじゃない。これが人生の選択というものだと思った。

一つのベッドで眠る部屋は、都会の中にある四角いごく小さな空間だった。それでも、ここには自分たちを傷つける人は誰もいない。このまま二人は手を取り合って、どこか遠い場所に行く。

都会にいると、天気予報など本気で気にしたことがない。雨でも雪でも強風でも真夏日でも、仕事場に行けばそれまでだ。暑さも寒さもどこか絵空事《えそらごと》になる。

けれど、この先は晃一と二人で放浪しながら、日々の天気を気にするようになるはずだ。晴れていれば、どこまでも一緒に歩いていたい。でも、雨の日はそうはいかないから、どこで身を寄せ合って過ごそう。

苦労知らずの晃一が、野宿などできるだろうか。祐二は不安になって彼の顔を見つめると、同じように自分の顔を見つめている晃一と視線が合った。

「不安に思っているよね？」

まるで祐二の心の中を読んだように言う。

「うん、ちょっとだけ。でも、それ以上に嬉しいことがあるから、きっと平気だよ」

祐二の言葉に、晃一が仰向きだった体を横にして、体に手を伸ばしてくる。

「君が好きだよ。とても、とても好きだよ……」

不器用な愛情表現が泣きそうなほど嬉しくて、晃一の腕にしがみつく。

「俺も好き、好き、好き……。関さんが好きだよ……」

こんなにも気持ちをこめて、誰かに好きと告白したことがあっただろうか。

心は一途にこの人に向かっている。この人をどこまでも信じられるかどうかは自分次第だ。だったら、信じよう。この人をどこまでも信じてみよう。明日裏切られたとしても、それならそれでいい。

これまで誰一人信じきれずにいた自分が、生まれて初めてそれをしようと思った相手が「関晃一」という人だったら、きっと何も後悔はないだろうと思った。

◆◆

「祐二、明日には出発できそうだよ」

「本当に。じゃ、荷物をまとめなくちゃね。晃一さんの荷物はどうしてるの？」

初めて抱き合ったあの日から、祐二は彼のことを「晃一さん」と呼び、晃一は祐二のことを呼び捨てにするようになった。

二人の距離は言葉では表現できないほどに、急速に強く近く深いものになった。二人でともに生きていくという結束はもはや揺るぎのないものになり、ようやく人生に迷いがなくなったのだ。

「君と会ってから、わたしはたくさん迷ってきたよ。自分の人生と家族の人生、己の生き方と周囲の人への思い、そして君への不思議な感情に翻弄されてきた日々だった」

「ごめんね。俺になんか会わなければよかったのにね。あの日、俺が部屋を飛び出すときに財布を忘れなければよかったんだ。そうすれば、ギャラリーに入ることもなかったし、晃一さんに会うこともなかった」

「そんなことはないよ。あの日、君がギャラリーにいてくれてよかった。おかげで、わたしはこれから生きる道を探せそうだ。苦しくても辛くても、今の自分よりはいい。それだけは、きっと間違いのないことだから」

明日、仕事を終えたあと、二人はいつもの公園で待ち合わせていて、一緒に長距離バスの乗り場へ行く。晃一は自分の荷物をすでにまとめて東京駅のロッカーに入れてあると言う。荷物を取ったら、そこから二人でまずは福島のいわきに向かうことにした。

特別な理由はない。晃一がいつものように銀行を出て東京駅から乗れるバスを探したら、いわき行きがちょうどいい時間だっただけだ。到着は深夜だがビジネスホテルにでも一泊したら、翌朝には電車に乗り換えて、さらに北を目指す予定だった。

これから寒くなる季節に北を目指すのは無謀だと思っている。けれど、心にどこか疚しさを抱えている二人は、より過酷な場所へと自分たちの身を置きたかったのかもしれない。

「行けるところまで行ってみよう。そこでこれからのことを考えようよ」

もっと北に行って二人して真冬の流氷の海に飛び込もうと晃一が誘うなら、祐二はそうしてもいいという覚悟でいた。晃一はどんな気持ちでいたのか知らないけれど、いつものように穏やかな表情でまだ見ぬ土地での暮らしをぼんやりと夢見ているようだった。

そして、東京での最後の日もつつがなく終わり、その日の夜がやってきた。

晃一は身の回りの整理をできるかぎりしてきたという。家族のためには、通帳と印鑑《いんかん》、持ち株の明細や連絡先、土地家屋の登記簿《とうきぼ》や、遺産相続《いさんそうぞく》のための書類と実印や証明書のコピーなど、必要と思われるものはすべて揃えてクリアファイルに入れて自宅の書斎の引き出しの中に入れてきたそうだ。

妻と娘と息子にも何か一筆書いておこうかと思ったが、それをしなかったのは自分の気持ちを短い言葉では語りきれないと思ったから。卑怯な真似をして、無責任に人生を放棄する人間にいい訳をする権利などない。そう思った晃一は、家族の誰にも何も書き残してこなかったという。

そして、今朝はいつものように出勤して定時で仕事を終え、職務の申し送り書をオフィスのデスクの引き出しの中に入れて、部下たちにはイントラネットのメールを送った。明日の朝、出勤してきた行員たちは皆一様に驚愕《きょうがく》の表情を浮かべることだろう。

『恐縮ですが、一身上の都合により本日をもって辞職させていただきます』

たったそれだけの文章だったそうだ。祐二はコンビニやクラブのバーテンのような入れ替わりの激しいバイトしかしたことがないので、企業とか銀行のことはわからない。それでも、晃一の取った行動が常識の範疇《はんちゅう》を逸脱《いつだつ》していることくらいわかる。きっと数日は混乱の中にあって、やがて人々が晃一の無責任さを責めるようになるのだろう。

ずっと常識人であり、いい大人だったのに、そんなふうに言われてしまうなんてあんまりだと思っているのはむしろ祐二のほうで、当の晃一はどこかさっぱりとした様子だった。

「無責任には違いない。わたしが部下の立場なら、間違いなくそう非難するだろうからね。それに、妻は泣くと思うが、娘と息子はしっかり者だからきっと彼女の支えになってやってくれると信じているよ」

祐二の両親は再婚で、晃一の家族のような絆《きずな》は最初から存在していなかった。だから、家族との別れについてもきっと祐二が田舎を飛び出してきたときにはまったくなかった葛藤を、晃一は乗り越えて今日の日を迎えているのだ。

「ごめんね。俺、馬鹿だから、どうやって晃一さんを慰めたらいいのかわからないよ。でも、今夜一緒にバスに乗ってくれるのがすごく嬉しいんだ。今は二人で東京じゃない場所に行くことだけが楽しみだから」

東京に出てくれば、何かがあると思っていた。自分を必要としてくれる人に巡り会い、これまでの悲しい運命を払拭《ふっしょく》できると信じていたのだ。

だが、現実はあまりにも厳しくて、祐二は流されるままに生きてきただけだった。その間に出会ったのが健介だったのは、不運であり幸運であったといえるだろう。

健介は何度も祐二を殴り、ささやかな夢しか抱いていないこの心を打ち砕いてきた。それでも、彼は優しいときもあった。ただ、彼自身が繊細すぎて、都会の荒波と大きな夢に敗れた傷を抱えていたのだ。

聞けば晃一は東京の生まれだという。名もない地方から出てきた人間だけでなく、東京で生まれ育った者でも東京に負けることがあるのだと、祐二はこのとき初めて知った。

「それじゃ、行こうか」

その日の昼前に晃一に渡された金でホテルをチェックアウトしてきた祐二は、都内の図書館やファストフード店を転々として時間を潰していた。そして、銀行での最後の仕事を終えた晃一が公園に現れるのを見たとき、正直ホッとしていた。

土壇場になって怖気《おじけ》づいても不思議じゃない。今夜も晃一が何喰わぬ顔で自分の家に帰ることもあると思っていた。けれど、晃一はいつものスーツ姿で祐二の前にやってきた。

「バスは九時半出発だから、今からなら充分間に合うね」

祐二が言うと、晃一は腕時計を見て頷く。東京駅まではタクシーに乗っていこうと晃一は言ったけれど、それを止めたのは祐二だった。

「これからは、お金が大事だもの。できるだけ節約しよう。電車で行っても間に合うからさ」

祐二の言葉に晃一も納得してくれて、二人で電車に乗った。スポーツバッグを肩から斜めにかけた祐二は、どこから見ても近隣から都心に遊びにきた若者のいでたちだ。片や、通勤用のソフトアタッシュを手にした晃一は、帰宅途中のサラリーマンそのものだった。そんな二人がまだ込み合っている電車に乗って、身を寄せ合いながら東京駅に向かう。

今日の東京は秋晴れで、どこまでも空が高かった。今は秋の星がその空に瞬いているのに、ネオンが明るすぎてよく見えやしない。そういえば、東京の空はいつもこんな感じだった。

これが東京の最後の夜だというのに、悲しいかと思えばそうでもない。きっとどこかでこの街と決別する機会を探していたのかもしれない。

晃一は祐二と出会ってすべてを捨てる決意をしたと言っていた。祐二もまた、晃一に出会ったからこそ今夜の自分があると思っていた。

電車に乗っている間、二人はずっと黙っていた。話したいことも、話さなければならないこともたくさんあるはずなのに、なんとなくこのときだけはそれぞれが東京に別れを告げる時間のように思っていたのかもしれない。

東京駅はいつでも賑やかなイメージがある。けれど、実際はそうでもない。新宿や池袋や渋谷のほうが夜も遅くなればずっと賑やかだ。そして、九時を過ぎて最終の新幹線が発車する頃には、どこか寂しさを漂わせる駅になる。

その頃、八重洲《やえす》口のロータリーには地方行きの夜行バスがズラリと並んで、客を待っている。そんな一台に祐二と晃一もこれから乗り込むのだ。ロッカーからボストンバッグを取ってきた晃一がたずねる。

「どのバスに乗るんだい？」

「あれだよ。いわき駅行き。着くのは深夜だけど、どこか泊まれる場所が見つかるといいね」

祐二が言うと、晃一はいつもの穏やかな表情で頷いた。チケットを買って、二人してロータリーのバスが停まっている場所に向かう。本当を言うと、今夜晃一が現れなくても一人で乗っていこうと思っていたバスだった。

なのに、自分の隣には晃一がいる。祐二よりももっと大きくて重たいものを捨ててきた人が、ボストンバッグ一つで自分と一緒にバスに乗り込もうとしているのだ。

このとき、一瞬だけ彼を止めたほうがいいんだろうかという気持ちになった。祐二は晃一のことが好きだ。好きな人には幸せになってもらいたい。それは、誰かを本気で思ったときに胸の中に抱く自然な感情だ。

だとしたら、祐二は晃一をこの場で突き放し、まだ取り返しのつくうちに彼を元いた場所に返すべきじゃないんだろうか。すでに停まってドアを開き乗客を待っているバスに向かいながら、祐二がふと足を止めた。

「あ、あの……、晃一さん、本当にいいんだよね……?」

この期《ご》に及んでたずねる自分に、心の中のもう一人の自分が黙れと言っている。こんなところで彼の心が挫《くじ》けたら、祐二は一人でバスに乗ることになる。その寂しさというのは、雪道で靴を失くして歩くようなものだろうか。あるいは、冷たい冬の雨の中を傘もなく歩いているような気分だろうか。

そのどちらも、惨めすぎて自分がいやになる。祐二は田舎にいたとき、そのどちらの経験もある。中学のとき、女の子みたいな顔が気に入らないと苛めにあって、たびたび靴を隠された。その都度上履きで帰ろうとして、それも脱がされ靴下だけでまだ雪の残る道を歩いて帰ったことがある。

また、雨が降ると天気予報で聞いて傘を持っていっても、それを誰かが冗談半分でどこかへ持っていってしまい、結局は濡れて帰ることになったりもした。

たわいもない子どもの悪戯《いたずら》といえばそうかもしれないが、やっぱり祐二は傷ついていた。ここで、晃一の気持ちが挫けたら、自分はこれまで以上に惨めな思いを味わうことになる。

それでも、ここで確かめなければずるい自分を後悔しそうな気がしたのだ。だが、心変わりがないかという問いかけに対して、晃一は黙って頷いてくれた。

「一緒に行こう」

短い言葉にこめられたたくさんの思いを祐二は確かに感じていた。そして、二人が順番にバスのタラップに足をかけようとしたときだった。

「関さん、あんた本当にいいんですか？」

いきなり二人の背後からそんな声がかかった。

名前を呼ばれた晃一が振り返る。もちろん、祐二も同時に振り返って声をかけた男の顔を見る。

「健介……」

「よぉ、祐二。おまえ、部屋を飛び出したまま帰ってこないと思ったら、案の定ちゃっかり次の男を見つけていたんだな。まったく、油断も隙もない淫売だよ」

そうじゃないと言い返したいが、久しぶりに会った健介の顔があまりにも凶悪に見えて、怯んでしまった。それでなくても巨体の健介なのだ。例の写真のことを持ち出してあれこれと凄まれたら、晃一もきっと震え上がってしまうんじゃないだろうか。

晃一を困惑させたくない一心で、祐二は一歩前に出て健介と対峙《たいじ》しようとした。ところが、そんな祐二の体をそっと横へ押しのけると、晃一は健介に向かって言った。

「あなたが祐二の恋人だった人ですか？」

「あんたに過去形で言われる覚えはないけどな」

ふてぶてしく言うのを見ても、晃一は一向に怯む様子がない。

「失礼しました。でも、祐二はもうわたしと一緒に生きていくと約束してくれたんですよ。申し訳なく思いますが、この子のことは諦めてもらえませんか」

謙虚でいて揺るぎのない言葉だった。だから、よけいに健介の気持ちを逆撫でしてしまったのだろう。目を見開いて大仰に手を広げて見せると、祐二を指差して言う。

「あんたさ、そいつに騙されてるんだって。見た目はそこそこ可愛いが、実際はそんなもんじゃない。金のある男にならすぐに足を開くような小僧だ。自分の顔がいいのを鼻にかけた厄介なガキだぞ」

嘘だと叫びたかった。それでも、売りをしていたのは本当だし、ゲイ雑誌のグラビアのモデルもやった。過去にはホステスと同棲もしていた。きれいなことばかりの東京の五年間じゃなかった。だから、祐二が俯いて黙り込むと、健介はますます勢いづいて祐二の過去を語る。

「だいたい、俺に声をかけられたときでも、おまえは尻軽だったよな。海外に出ている間は、浮気をしているんじゃないかと気が気じゃなかったぜ。おかげで、俺はろくすっぽ写真も撮れずにすっ飛んでかえってくる羽目になっちまった」

それは違うはずだ。健介が写真を撮れなかったことまで祐二のせいだと言われるのは、

いくらなんでもあんまりだ。が、健介は言葉を挟ませなかった。

「人が命がけでファインダーをのぞいているときに、おまえは銀行マンをつかまえて、あげくにそいつと駆け落ちかよ？　どこまでも他人に迷惑な奴だな」

「そ、そんな……」

嘘ばかりそんなふうにまことしやかに言われたら、さすがに祐二も黙っていられない。言い返そうと思ったけれど、何からどう反論したらいいのか迷ってしまい、その隙にまた健介が言う。

「しょせん、寄生虫のような生き方しかできないんだよ。だったら、おとなしくしてりゃいいのに、次から次へと男を変えやがって。そんなクソ真面目なオヤジをどうやってたらし込んだんだ？　まぁ、その面と体で口説けば、簡単に落ちるのも無理もないか」

健介の言葉はどれも、敵意に満ちた鋭い刃《やいば》のようだった。晃一とのかかわりを健介は何も知らないくせに、ひたすら悪意だけで吐き出される言葉に、祐二は違うと何度も首を横に振り続ける。それでも、健介は容赦がない。そして、彼の怒りの矛先は祐二だけではない。当然のように晃一にも向けられた。

「あんた、俺の渡した写真を見たよな？　だったら、こいつがどういう奴かわかっただろう？　騙されて自分の大事な人生を台無しにするつもりか？」

「あなたにわたしの人生の何がわかるんでしょうね？」

あくまでも冷静な口調の晃一に、健介はひょいを肩を竦めてみせる。

「近頃はカメラマンの仕事も厳しくてね。バイトがてら探偵事務所の浮気調査なんかもしてんだ。だから、あんたのことも一通り調べさせてもらったよ」

「なんで、そんな真似をしたんだよっ」

怒って言ったのは祐二で、それでも晃一はまったく意に介していないようだった。

「まぁ、見事な品行方正ぶりだね。リストラの嵐が吹き荒れていても、あんたは支店長としての地位が安泰だったらしいな。行員の間でもすこぶる評判がいい。珍しいね、上にも下にも受けがいい奴ってのは。もっとも、ただ生真面目なだけだという人間もいたけどな。銀行じゃそれが一番大事なんだろうさ」

晃一が職場で信頼されていることは、祐二でもなんとなくわかっていた。だが、健介は彼の家庭のこともちゃんと調べていた。

「家でもいい夫で、父親じゃないか。近所で聞いても、あんたを悪く言う人は誰もいなかった。挨拶は感じよく、ゴミ捨て場の掃除も率先してやって、地域の奉仕活動にも時間の許すかぎり参加している。ボランティアで子ども会の書道教室の指導もやっているんだって？」

コソコソと聞き込みなどしていたなんて、本当に健介はカメラマンとしてのプライドを失ってしまったのかもしれない。

「娘さん、いい会社に勤めてるねぇ。一流商社の海外事業部。女だてらにエリートコースだ。息子も文武両道。大学の成績は優秀。ただし、膝の怪我だっけ？　残念だが、アスリートとしては終わりだろうな。でも、それで人生が終わるわけでもない。挫折がバネになることもあるさ。そう、俺みたいにね。それに、奥さんは美人で才女だ。お嬢様だった女ってのは、いくつになっても品があるね。あんた、本当に幸せもんだよ」

どこを叩いても埃《ほこり》の一つも出てこないと、むしろ健介は呆れ顔で言う。けれど、そんな晃一だからこそ祐二なんかにかかわったことがスキャンダルになると脅すつもりなのだ。

健介の言い分をすべて聞いた晃一は、彼のいつもの癖で小さく頷いてみせる。そして、おもむろに健介を見ると言う。

「つまり、あなたはどうしたいんですか？　祐二を取り戻したいと思っているんですか？」

思いがけない質問に、健介はどこか拍子抜けしたように笑う。それは、唇を歪めて人を馬鹿にしたいやな笑い方だった。

「俺がどうしたいかだって？　それくらいわかってんだろう。あんたみたいな人間は祐二にかかわるなって言ってんだよ。そいつは馬鹿だが、その面と体は気に入ってるんだ。そもそも、そいつに男の味を教えたのは俺だしな。勝手に他人に横取りされて黙って見過ごすわけにはいかないだろう」

「そうは言っても、祐二の意思もある。彼はもうあなたのところへ戻るつもりはないと言っているんです」

晃一はチラリと隣にいる祐二の顔を見たので、しっかりと頷いてから自分の意思を口にする。

「健介には、寂しいときに優しくしてもらって嬉しかった。でも、日本に戻ってきてからの健介は違う人になっていて、俺にはどうしたらいいのかわからなかった。支えてあげられたらよかったのかもしれないけど、俺じゃ健介をイライラさせるばかりなんだ。それに、ぶたれるたびに一緒にいたら駄目になるって思った。俺だけじゃなくて、健介もこのままじゃ駄目なんだよ、きっと……」

だから、別れることにしたと言いたかったけれど、健介は祐二を睨みつけると吐き捨てるように言った。

「何を偉そうな口きいてんだ。誰がおまえに支えてほしいなんて言ったよ？　おまえなんかに俺の何がわかる。馬鹿は馬鹿なりにおとなしく言うとおりにしてりゃいいものを……」

怒りにまかせて怒鳴る健介を見て、晃一がそっと片手を持ち上げるともう充分というふうに話を止める。

「そういうつもりでこの子を自分のそばに縛っておこうというなら、やっぱりあなたのところへ返すわけにはいかないですね」

「なんだとっ。あんたは関係ないだろう。いいから、さっさと祐二をこっちへ寄こしな。でなけりゃ、例の写真を使って次の手を打たせてもらうぜ。この意味くらいわかるよな?」

「やめてよ、健介っ。晃一さんに迷惑かけないでよ」

健介の考えていることくらいわかる。どうせ、あの写真をネタにして脅すつもりだ。それだけでなく、あわよくばいくばくかの金を強請《ゆす》り取るつもりなんだろう。

「あの写真というと、以前にポストに投函されていた、わたしと祐二が一緒に映っている写真ですか?　あれなら自宅の引き出しに置いてきたから、すぐに家族も見つけると思いますよ。銀行に持っていったところですでに退職した人間の私生活など、誰も気にもとめないと思いますが、何か考えがあって使おうと思っているなら、どうぞ自由にしてください」

その言葉を聞いて、健介は少しばかり意外そうな顔をした。晃一が祐二にそそのかされて駆け落ちを決意したのだと思っていたのかもしれない。だから、ちょっと強く揺さぶれば、すぐさま尻尾《しっぽ》を巻いてこの場から逃げ出すとでも考えていたのだろう。ところが、晃一はまったく健介の予想とは違う行動に出たので、すっかり計算が狂ってしまったが、焦った自分を悟らせまいとわざと不敵に笑ってみせる。

「本気かよ？　あんた、マジでそんなガキと一緒に駆け落ちかよ？　家族も仕事も捨てて、それでいいのかよ？」

「ええ、いいんですよ。祐二が東京を離れると言ったとき、わたしも一緒に行きたいと思ったんです。だから、わたしたちにはもう迷うことなんて何もないんですよ」

そう言うと、晃一は祐二の肩に手を回し、顔を見つめて一つ頷いてみせる。その仕草が「そうだね？」という問いかけのようで、祐二もまた強く頷いた。それから、もう一度健介を見ると晃一が言う。

「あなたには、祐二がよくしてもらったこともあったと聞いています。だから、それについてはわたしからもお礼を言います。彼が心細いとき一緒にいてやってくれてありがとう。でも、これからあなたはあなたの人生を探してください。それでは、わたしたちは行きます」

晃一は健介に向かって会釈《えしゃく》をした。祐二もつられるようにペコリと頭を下げる。

「おいっ、待てよっ。おい、祐二っ。おまえ、本当に行っちまうのかよっ。俺を一人にする気かよっ？」

そのとき、初めて健介の本音が出た。やっぱり、彼も寂しいのだ。東京で一人生きていくことの辛さをよく知っている祐二だから、その言葉には胸が締めつけられた。

一度振り返って健介に最後の言葉を言ったほうがいいだろうか。けれど、それをして彼の気持ちが救われるわけではない。祐二はもう二度と彼の腕の中に戻る気はないのだから。だったら、馬鹿なうえに、最後には憎たらしい真似をしたガキだと思われていればいい。祐二のことをうんと嫌って、今度こそ互いを支え合っていけるような、賢くて心の優しい誰かを見つけてくれればいい。

晃一と自分の明日だってどうなるかわからない。それでも、心の片隅では健介の幸せを祈らずにはいられない。

「間もなく発車の時間です。すぐにお席にお着きください」

バスに乗り込むなり、運転手が自分の腕時計で時間を確認して言った。そして、晃一と祐二が自分たちの席を見つけて、荷物を棚に上げ席に着いたときバスのドアが閉まった。ターミナルにはぽつんと残された健介の姿があった。柱に向かって自分の拳を打ちつけているその背中が、とても寂しそうだった。

「健介……」

思わず彼の名前を呟いたとき、隣に座った晃一が祐二の手をぎゅっと握り締めた。

「わたしは後悔していないけれど、君は大丈夫かい？」

最後の最後で、祐二が健介の姿を見て心が迷っているのではないかと案じているらしい。

でも、けっしてそんなことはない。祐二の心は一点の曇りもなく真っ直ぐに晃一との未来に繋がっている。二人の未来には何があるのだろう。不安もあるけれど、それを案じる以上にやっと自分の居場所を見つけたという思いで安堵している。

それは、東京ではなかったけれど、東京で出会った人のそばだった。どこへ行こうと、この人のそばが自分の居場所だと思える。だから、自分が東京へ出てきたことは間違いではなかったのだ。

祐二は自分の手を握る晃一の手を、反対の手でさらに握り締めながら言った。

「あのね、俺、関さんのことが好き。あなたみたいな優しい人に生まれて初めて会ったんだ。だから、これからずっと一緒にいられるなんて夢みたいって思ってる」

それが、祐二の胸の中にある思いのすべてだった。晃一はいつものように小さく頷くと、笑って言う。

「とても嬉しいよ。ありがとう。でも、不器用な中年男に失望したときはそう言ってくれていいよ。君はまだ若い。たくさんの可能性があるんだからね」

どうやら、祐二が若い男に心移りをする日もくるかもしれないと思っているらしい。そんな心配はしないでと言いたかったけれど、言葉にしては言わないでおいた。これから長い月日を一緒に生きていけばちゃんと伝わることだから、今は何も言わなくてもいい。祐二はただ自分の気持ちが彼の心に寄り添っているのだとわかってほしくて、晃一の肩に頭をもたせかける。

走り出したバスが東京のネオンの中を通り抜けていく。祐二にとってはたった五年を過ごした街だけど、晃一にとっては生まれてからずっと自分の街だったのだ。迷いはなくても、きっと一抹《いちまつ》の寂しさはあるはずだ。すると、晃一が小さな声で呟いた。

「この街はわたしの故郷だった。でも、いよいよお別れだ」

誰でも故郷を持っている。でも、その故郷がその人の居場所だとはかぎらない。だからこそ、晃一と祐二は長い旅に出る。今度こそ二人で生きていける、自分たちの居場所を探し求めて……。

◆
◆

長い旅をしてきた。

東京を出た二人は福島県からさらに東北へ進み、どこか落ち着ける場所はないかとあちらこちらを旅して回った。一日一日と冷え込みが強くなっていく中、凍えるような空気を感じながらも互いの温もりがあるから支え合うことができた。

だが、持っている現金も底をつきはじめた頃、晃一が真冬を迎える北海道へと渡ろうと言い出した。冬の北国の厳しさは信州で生まれ育った祐二でさえかなりこたえた。ましてや、東京生まれで東京育ちの晃一にとっては、雪道を歩くことさえままならなかったくらいだ。

それでも、ハローワークで北海道の十勝《とかち》南部にある酪農家《らくのうか》を紹介してもらい、その足で面接に向かった。夏ならこういう仕事も希望者が多いそうだが、冬だったのが幸いして二人はその場で揃って住み込みで雇ってもらうことができた。

とにかく、ここで春がくるまで頑張ってみよう。そう決めて始めた仕事だが、極寒の地で早朝からの肉体労働は想像していた以上に過酷だった。コンビニやクラブの仕事しかしたことのない祐二にも辛かったが、銀行員だった晃一にとっても牛の世話や雪かきなどは生まれて初めての経験だっただろう。それでも、二人はそこで黙々と働き続けた。

都会と違って田舎は周囲の目がうるさいと思っていたけれど、どうやらそうでもなかったようだ。晃一と祐二がどういう関係で、どういう事情で東京からやってきたのか、牧場のオーナーや仕事仲間に誘われて参加した酒の場で訊かれたこともある。けれど、適当に捏造《ねつぞう》した事情でも疑われることはなかった。

東北を旅していたときは親子だと言っていたが、北海道では長距離バスでたまたま乗り合わせた関係だと言っていた。奇妙に思う人がいても仕方がないと思っていたのに、何を探られることもなく雇ってくれたし、二人のための小さなコッテージも貸してくれた。

早朝から夕刻まで働いたあとはコッテージに戻って、二人で夕食を作り食べて一緒に眠る。クタクタに疲れていても、一週間に一度くらいは祐二がほしくなって晃一のベッドに潜り込む。すると、晃一はいつまで経っても慣れないけれど、ちゃんと祐二を抱いてくれるのだ。

外ではしんしんと雪が降り続いている。東京では見たこともないような景色だった。でも、この雪が二人を逃げてきたものから匿ってくれているような気さえしていた。

ずっとここでこんなふうに暮らしていこうか。そんなふうに思うこともあったが、北海道の一番厳しい季節を乗り越えて春を迎えた頃、どちらからともなくそろそろどこか違う場所へ行こうと話し合うようになっていた。

本当なら、これからが北海道の一番美しい季節だ。だが、二人はそんな楽園のような景色から逃げるようにして本州に戻る決意をした。世話になった人たちとの別れを惜しむ気持ちもあったが、それ以上にどこかへ急かされるような気持ちもあったのだ。

その頃はなぜだかわからないが、まだ東京に捨ててきたものの影に追われるような気持ちがあったのかもしれない。本州に戻って、今度は季節を先取りするように南下しながら、冬の間に貯めた金で旅を続けた。

先のことは決めていない。行く先々で安宿を見つけ、そこで抱き合い夜を過ごした。ときには山道を歩きながら野宿することもあった。それでも、行き当たりばったりの生活を苦痛に思ったことはなかった。二人でいれば、それだけでいい。

「もっと南へ行こうか。東京よりもずっと南へ」

晃一がその日の朝言うと、近くの駅から二人でバスに乗り込む。地方都市から地方都市への長距離バスの乗客は、その路線に乗りなれた人が多いが、晃一や祐二のように初めての人もいる。

信州から都心を掠めるようにして中部地方へと向かうバスの中で、祐二はぼんやり外の景色を眺めていた。東京には五年ばかり住んだが、一度も西に旅したことはなかった。北海道での暮らしも初めて経験することが多かったが、これから行く土地はどんな場所だろう。

そこには、二人でできる仕事が見つかるだろうか。また、今度こそ二人で暮らす部屋を借りようと晃一は言っていたが、長く暮らせるような町があるだろうか。

あれこれと考えているうちに眠気に襲われて、祐二はいつしか晃一の肩にもたれたまま居眠りをしていた。どのくらい眠っていたのだろう。突然バスが急停車して、その振動でハッと目を開けた。見れば、バスは高速道路の路肩に停車している。

「あれ、どうしたの？」

瞼を手で擦りながら祐二がたずねると、晃一も心配そうに背伸びをして運転席のほうを見ている。何かトラブルがあったらしいが、運転手の説明があるまでは乗客の誰もが不安そうに前後左右を見ているばかりだ。が、やがて、運転手が立ち上がって乗客に言う。

「申し訳ありません。どうやらエンジントラブルのようです。このままの走行は難しいので、一旦高速を下りて、代車を待っていただくことになりますのでご了承願います」

そうとわかって皆が溜息を漏らす。急いでいる乗客には迷惑な話かもしれないが、高速走行中でも大事にいたらなかったのは不幸中の幸いだ。

運転手は無線で関係各所に連絡をしたあと、ハザードをつけたままゆっくりと高速出口まで向かい、一般道に出ると近くの路線バスの停留所にバスを停車させた。

そこで乗客は全員降ろされて、最寄の配送センターからくる代車を待つことになる。時刻は午後の一時。乗客の中には近くの鉄道の駅へと移動して、電車で目的地に向かう人もいた。残りの乗客は一時間ほどでくるという代車を苛立ちとともに待っている。

晃一と祐二も一緒にバス停のベンチに座って代車を待っていたが、そのとき路線バスがやってくるのが目に入った。

「あのバス、どこへ行くんだろうね？」

祐二が何気なく訊くと、晃一がベンチから立ち上がって言った。

「あれに乗ってみようか？」

どうせ目的地などない旅なんだから、それも悪くないかもしれない。ここで手持ち無沙汰にしているよりはいい。祐二もピョンとベンチから立って晃一と一緒に停車したばかりの路線バスの入り口に向かう。

乗り込んだバスの乗客はわずかだった。二人は一番後ろの席に並んで座ると、また肩を寄せ合って外の景色を眺める。春真っ盛りの田園風景はのどかで美しい。どこで降りるでもなく、ずっとその景色を楽しんでいると、やがて三十分ほどしてバスの中に終点のアナウンスが流れた。

どこともわからないけれど、終点なら降りるしかない。バス停の近くには町の案内図があって、そこが「浮田《うきた》」という土地だということがわかった。町の外れには温泉旅館があるらしい。

北海道で貯めた金がまだ少しある。晃一は祐二を連れてその温泉旅館に行こうと誘う。

「宿を取って、少し体を休めよう」

「でも、お金がもったいなくない？」

「大丈夫だよ。またすぐに仕事を見つけて、頑張って働けばいいよ」

こんな田舎町で簡単に仕事が見つかるとは思えなかったが、晃一がそう言うのなら祐二はそれでもいいと思った。

温泉旅館に部屋を取った二人は久しぶりにゆっくりとお湯を使い、その夜は抱き合って過ごした。東京を出たときと同じで、二人の荷物はスポーツバッグとボストンバッグそれぞれ一つずつだ。この半年の間、なにも増えていないし、何も減っていない。

ただ、晃一と祐二の絆だけはあの頃よりもずっと強くなっている。どこへ行こうとも離れて生きることはもはや考えられなかった。

翌朝、朝食を用意してくれた仲居さんに晃一がこの町のことを訊いていた。江戸時代の宿場だった町は明治から昭和の初め頃まではもう少し温泉旅館の数もあって、湯治《とうじ》で東京から訪ねてくる人もいたそうだ。だが、今ではすっかり人気の観光地に客を奪われて、旅館も次々になくなり、今はこの一軒だけがひっそりと営業しているのだという。

「こんなさびれた町ですけど、案外東京からお忍びのお客様がいてね。あとは地元の業者さんが宴会なんかに使ってくれるので、どうにかやっているんですよ」

訳ありの客がやってくるせいか、晃一と祐二のような奇妙な二人連れを見ても、宿の人は誰も気にとめた様子はない。のんびりとした町の空気と同じで、人々も細かいことにこだわる気風ではないのかもしれない。

朝食のあと、二人は町を散策してみた。町とはいえ畑も多く残っているし、はるか向こうに見える山並みの美しさもまた日本の原風景のようだと晃一が言った。

「日本の原風景」という表現がよくわからなかったが、ここは祐二にとっても懐かしい空気が漂っているような気がした。

「ちょっとだけ、俺の育った田舎に似てるな」

祐二が言う。あれほど嫌っていた自分の故郷なのに、今となってみればときどき懐かしく思い出すこともある。きっと東京にいて心がささくれ立っていた頃と違い、晃一といる間に祐二の心もずいぶんと穏やかになってきたのかもしれない。

義父のことはともかく、実の母親のことはこの歳になってみれば勝手に飛び出してきて申し訳ない気もしていた。でも、今は晃一といるから、そんなことを口にするつもりはない。彼もまた東京に大切な家族を置いてきたのだ。二人にとってはまだ過去は振り返るものじゃない。

「どうだろう。ここで落ち着いてみるかい？」

「え……っ？　ここで？」

祐二が故郷を懐かしむようなことを言ったからだろうか。だが、晃一は自分もここの風景には何か懐かしいものを感じるのだという。

「でも、ここで仕事なんか見つかるかな？」

北海道と違って牧場のように人手をほしがっている場所があるとも思えない。だが、晃一は笑ってどうにかなるよと言う。

晃一はどちらかといえば苦労知らずのお坊ちゃんだった人だ。東京では大手都市銀行の支店長まで勤めていたけれど、根っこのところがどこかのんびりとしていて、滅多なことでは慌てふためくということもない。

祐二のように明日のことを案じて不安を顔に出したり、自分を見失うようなこともない。そんな彼が「どうにかなるよ」と言うと、本当にそうなるような気がするのだ。だから、祐二も笑って頷く。

「そうだね。そうできたらいいよね」

本当はもっと西に行くつもりだった。けれど、長距離バスがあそこでエンジントラブルを起こしたのも、あのときふと路線バスに乗ってみる気になったのも、何かの縁かもしれない。二人が一緒にいられるのなら、他には何も望まない。この土地がふたりの終《つい》の棲家《すみか》になるならそれでいいと思った。

＊＊＊＊＊＊＊＊

「晃一さん、今日の午後は生徒さん何人？　予備の机も出しておいたほうがいいかな？」

「句会のあとだから、いつもより人数が多いかもしれないね。悪いが机と座布団も多めに揃えておいてくれるかい」

晃一に言われて、祐二は八畳の和室いっぱいに折りたたみの机を広げて、座布団を並べていく。廊下には使い終わった墨を入れるバケツや、筆や硯《すずり》を洗うための水を張ったバケツも用意しておく。他にもお稽古《けいこ》のあとにはお茶を振舞うので、やかんにたっぷり湯を沸かしておかなければならない。

晃一も一緒に部屋の準備をしながら、祐二に今朝の近隣の声かけ訪問について訊く。

「園田《そのだ》さんのところのお婆さんの風邪はよくなったのかい？　あそこは旦那さんが出稼ぎに行っているから、奥さん一人で大変だろう」

「うん。お婆さんの風邪はだいぶいいみたいだった。でも、今度は奥さんのほうが喉が痛いって、病院に行ってた」

その間祐二はずっとその家にいて老人の話し相手になり、切れたままで困っているという高い天井の電球を交換してあげたりしていた。

日曜日はいつもこんな感じで慌しい。この町で根を下ろして十数年。晃一は近所の公民館で子どもたちに習字を教え、自宅では大人向けの書道教室をやっている。また、第三日曜日にかぎっては、俳句の結社の人たちの習字を指導していた。

祐二は近くにある介護センターで介護師の仕事をしながら、資格を取るための勉強をしている。また、日曜日の午前中は近所の独居老人宅や、出稼ぎなどで男手のない家を声かけ訪問していた。

この町にきたばかりの頃は、まさかこんなふうに落ち着いた生活ができるようになるとは、まったく想像すらしていなかった。

晃一は「どうにかなる」と言っていたけれど、祐二は内心難しいだろうと思っていた。

ところが、泊まっていた旅館で何か自分たちにできる仕事はないだろうかと晃一がたずねたところ、雑用や厨房の下働きの手がほしいというので、給料はわずかでもいいので住み込みで働かせてもらえないだろうかと交渉したのだ。

東京ではりっぱな銀行の支店長まで勤めた人が、下働きに雇ってほしいと頭を下げているのを見て祐二のほうが心配になったが、あとで聞けば晃一はこの放浪の旅でずいぶんと自分がたくましくなったと感じていると笑っていた。

北海道にいたときと同じように、庭の掃除や厨房での皿洗いも晃一は愚痴の一つもこぼさず黙々とやった。もちろん、祐二も若い分力仕事や使い走りなど、どんなことでも笑顔で引き受けた。

二人が与えられたのは、宿の離れにある昔は炭焼き小屋だった場所だ。炭焼きの窯《かま》はすでに閉じられていたが、小屋のほうは人が住めるようには改装されていたので、質素ながらもなかなか快適な生活だった。

親子とも兄弟とも思えない男が二人、いかにも訳ありの様子で肩を寄せ合って暮らしているのを見て、町の人たちは同情してくれることはあっても、迫害するようなことはない。むしろ、晃一の生真面目さと祐二の素直な性格に好感を持って接してくれる人のほうが多く、二人はいつしかこの町がすっかり気に入っていた。

そんな折、知り合ったのがこの町の有力者である人物だった。彼はこの地域の土建業を一手に取り仕切っている会社の社長で、町で唯一の温泉旅館を業者の接待に使うのが常だった。

その社長があるとき資金繰りに頭を抱えていて、そのことを女将《おかみ》に話しているところに晃一が茶を運んでいったのだ。

『うちの下働きをやってくれている関さんだけど、顔くらいは知っているわよね。この人、なんでも昔は大きな銀行にお勤めだったらしくて、お金のことなら知恵を貸してくれるかもしれないわよ』

女将のその一言によって、藁《わら》にも縋《すが》る気持ちで社長は現状を話し、晃一はそれについて自分の持っている知識で一番よかれと思うアドバイスをしてやった。

それは、世話になっている町の人への恩返しくらいの気持ちだったのだが、一ヶ月後にはどうにか経営危機を乗り越えた社長が菓子折りを持って晃一のところへお礼にやってきた。

以来、ちょくちょく相談に乗っているうちに、晃一と祐二の事情もおおよそ理解してくれた彼は、二人によかれと町外れに所有してきる空き家をほとんどタダのような家賃で貸してくれたのだ。

『あんたは本来なら、旅館の下働きなんかしている人じゃないだろう』

そう言って、晃一の書の腕を知ったあとは公民館で行っている文化教室の書道の講師の仕事まで世話してくれた。やがて、晃一の書道教室の噂は口コミで広がり、子どもたちのクラスができ、自宅では大人のクラスを持つようになった。

その頃、祐二が近所にある介護福祉センターの職員募集に応募したところ、これも社長の口利きで採用が決まり、どうにか安定した収入が得られるようになった。

介護師の資格を取るまでにはもう少しかかるだろうが、この年になってあらためて勉強をしてみれば、大変だけれど楽しいこともあった。なにより、難しくてわからないことは晃一に訊けばなんでも教えてくれる。優秀な家庭教師がずっとそばにいてくれるようなものだから、こんな心強いことはなかった。

「たまには祐二も一緒に書いてみたらどうだい？　心が落ち着くよ」

生徒を迎える準備が整うと、晃一は席に着いて自分の墨を磨りながら言う。書道教室を開くようになって、よくそうやって誘われる。

「あっ、でも、俺、お茶の用意とかあるから……」

正座が苦手な祐二は、今日も適当な言い訳をして慌てて台所に向かう。そのとき、生徒が数名玄関先にやってきた。

「こんにちは。庭の梅はそろそろ咲きましたか？」

「いらっしゃい。どうぞ。寒かったでしょう。梅はね、もう一息って感じかな」

祐二が明るい声で生徒たちを迎えに出る。

「おや、今日は祐ちゃんもいるの？」

近所の年配の人たちは祐二のことを「祐ちゃん」と呼ぶ。もう三十代も半ばを過ぎているのに、「ちゃん」付けで呼ばれるのは少し気恥ずかしいが、自分の息子か孫くらいの年の祐二と話すのを楽しみにしてくれているのだ。

「さっき声かけ訪問から帰ってきたところ。それより、今日はいい句ができた？」

「そんなに簡単にできないわよ」

「そうそう。俳句ってのは深いんだよ。なんなら祐ちゃんも始めるか？　その歳からやれば、六十になる頃にはりっぱな同人になれるぞ」

句会の仲間同士が口々に祐二を誘うので、ここでもまた「そのうちね」などと頭をかいてごまかしてしまう。そんな祐二の姿を見て誰もがおかしそうに笑うので、家が急に賑やかになる。

そして、やってきた生徒たちが晃一の指導で書の練習をしている間、祐二は皆が寒くないようにストーブを廊下に出してきたり、湯飲みをお盆に載せて揃えておいたりと、細々とした手伝いをして過ごす。

こんな穏やかな時間が自分の人生に訪れるなんて、若い頃は考えてもいなかった。居場所を探し求めて苦しんだ日々もある。けれど、晃一と出会ったことで自分の人生は大きく変わったのだ。もし彼と一緒でなければ、東京を飛び出しても祐二は今でも迷子の心を抱えたままだったかもしれない。

晃一と出会えてよかった。近頃では何気ない瞬間にその思いを噛み締めて、運命に感謝することもある。だが、同時に思い出すのは、晃一が東京に置いてきた家族のことだ。

彼の妻や娘や息子はこの十数年をどんな思いで生きてきたのだろう。突然夫を失い、父親が不在となり、きっと苦しい思いをしてきたはずだ。そんな彼らの苦しみの上に今の自分の幸せがあると思うと、どうやって詫びたらいいのかわからず、祐二はなんともいえない良心の呵責《かしゃく》に襲われる。

「どれ、今日はここまでにしておこうかな」

生徒の一人がそう言って席を立つと、同じように何枚かの短冊に句を書き終えた人たちが順番に片付けを始める。気がつけばあっという間に二時間ばかりが過ぎている。晃一は机の間を歩いて周りながら、まだ筆を持っている人たちを丁寧に指導していた。

「こっちにきてストーブに当たってよ。今お茶を持ってくるからね」

祐二はすぐに台所へ行って、あらかじめ用意してあった湯飲みにお茶を淹れて運んでくる。片付けを終えた生徒さんたちは廊下に座布団を並べ、ストーブに当たりながら庭の木を眺めていて、ここでしばし世間話を楽しむのだ。

古い家だが小ぢんまりとした庭もあって、冬でも南天の赤い実がきれいになっている。梅の老木も毎年この時期には白い花をつけるので、皆が咲く日をまだかまだかと楽しみにしていた。

「今年はちょっと遅いみたいだねぇ」

お茶を飲みながら生徒の一人が言ったので、祐二が立ち上がってサッシ窓を開ける。

「でもね、もうかなり蕾《つぼみ》が膨らんでいるんだよ」

そう言って庭に下りようとしたときだった。庭の低い垣根《かきね》の向こうに誰かが立っているのが見えた。男性が一人かと思ったが、もう一人電柱の後ろに身を隠そうとしている女性がいる。

服装からして近所の人ではないようだ。旅行者にしても、この季節には珍しい。何気なくそちらを見ていると、男の人と視線が合った。自分とほぼ同じくらいの年齢で、どこかで見覚えのあるような面立ちだ。

（誰だろう……？）

そう思ったとき、その男性がなぜか祐二に向かって会釈をしてみせた。と、その瞬間、祐二が声を上げる。

「あ……っ」

そして、部屋の中にいる晃一を見て、また男性の顔を見る。見覚えがあるのではなく、似ているのだ。

気がつけば祐二は夢中で駆け出していた。ところが、祐二が血相を変えて駆けてくるのを見て、女性のほうが慌てて身を翻そうとする。それを止めたのが男性のほうで、祐二はそんな二人に向かって言った。

「ま、待っててっ。行かないでっ。晃一さんに会いにきたんでしょう」

低い垣根を越えたとき片方のサンダルが脱げていたが、そんなことはどうでもいい。晃一の名前を出した途端、二人の表情が一瞬だけ強張る。だが、すぐに男性は笑顔になって頷いた。祐二は彼らのすぐそばまで行くと、荒い息のまま膝に両手を置いてもう一度確認する。

「えっと、加奈子《かなこ》さんと朋彦さんですよね?」

腰を曲げて息を整えていると、男性が答えた。

「ええ、関晃一の娘と息子です。父に会いにやってきました。でも、突然の訪問で、なんてお声をかけようか迷っていたんです。ねっ、姉さん」

隣で少し気まずそうに立っている女性に相槌《あいづち》を求めると、彼女も小さく咳払いをして頷いていた。そんな二人を見て、祐二は上半身を起こすとにっこりと笑顔になって言う。

「よかった。いつかあなたたちがきてくれるんじゃないかって思ってた。晃一さんはそんなことはないだろうって言っていたけれど、俺はずっとそう思っていたから……」

祐二の言葉に少し驚いた様子を見せたが、朋彦はあらためて丁寧に頭を下げて言う。

「父がいつもお世話になっています」

世話になっているのはむしろ自分だと言いたいが、それよりももっとたくさん話さなければならないことがある。

「遠いところをわざわざきていただいて、ありがとうございます」

月並みな挨拶を交わしてから、祐二は二人を手招きしながら家へと誘う。

垣根の向こうの家の中では晃一がまだ稽古の途中で、生徒の指導のため何事もなかったように筆を取っていた。勤勉な晃一の姿は、彼の子どもたちにどんなふうに映っているのだろう。

そして、自分は彼らに何をどう話せばいいだろう。戸惑う心がないわけではない。けれど、ずっと胸の奥に刺さった棘《とげ》をそのままにしておくのも苦しかったし、ついにそれを引き抜く日がやってきたのかもしれない。

どんな痛みであっても、彼らが十数年前に味わった思いを考えれば祐二にできることは決まっている。正直にすべてを話すことと、心から詫びること。許されるか許されないかはわからないが、これもまた自分に与えられた運命の機会だと思っていた。

◆◆

晃一の子どもたちに会ったのは初めてだったのに、向かい合って座ってみればなんだか以前から知っている人たちのような気がした。

この十数年の間、晃一はときおり祐二に自分の家族のことを話して聞かせてくれた。もちろん、最初の数年はどちらもが互いに気遣って、その話題に触れることはタブーのようなところがあってけれど、いつしか黙っているほうが不自然なのだと思うようになっていた。

長女の加奈子は晃一の言っていたとおり、なかなかの美人でしっかり者だった。一流商社でりっぱな肩書きを持っていて、仕事に夢中になっているうちに婚期を逃したと笑って言っているが、実際の年齢よりはずっと若く見える。

きっと本人がその気になれば、結婚という選択もあるのだろうが、自分の人生に仕事は切り離して考えられないときっぱりと言う。

晃一もいまどき結婚ばかりが人生ではないから、自分の思うとおりに生きるといいと励ましていた。そんな姿を見ると、何年離れて暮らしていてもやっぱり親子は親子なんだと思った。

長男の朋彦は今年で三十五になるというが、彼もまた歳より若く見える。晃一自身がそうなのだが、どうやらあまり老け込まないのは血筋らしい。

彼は晃一が家を出た頃は、膝の怪我で陸上競技を断念せざるを得ない状況で、ずいぶん悩んでいたと聞く。晃一も息子については、その後も折に触れ案じていたのを知っている。だが、当時は大学生だった彼も今は怪我を乗り越えて、アスレチックトレーナーという仕事についていた。なんでもアメリカで有名なアスリートをたくさんサポートしていて、日本人のプロ野球選手やサッカー選手からも依頼が殺到するような優秀なトレーナーらしい。

世界的に活躍しているせいか、加奈子とはまた違う落ち着きがあるが、同時に祐二は彼の中に何か不思議な影のようなものも感じていた。だが、それが何を突き止めるよりも、まずはしなければならないことがある。

「申し訳ありませんでした。謝って許されることじゃないとわかっています。でも、あのとき晃一さんに一緒にいてほしいと言ったのは自分なんです」

祐二は額に畳にこすりつけるようにして言った。彼の家族に会ったら、まずは言わなければならないと思っていたことだ。

「この人の人生だけじゃない。家族の皆さんもずいぶんと苦しめたと思います。きっと失踪した晃一さんを恨んだり、憎んだりしたと思います。でも、その恨みと憎しみはどうかこの俺に向けてください。お願いします。この人もずっと苦しんで生きてきたんです。俺だけが自分のためにわがままを通してしまったから……」

謝るときにはけっして泣くまいと思っていた。なのに、気がつけば声が震えてしまう。

さっきまで加奈子と朋彦を見つけものすごい勢いで駆けていき、二人の訪問を喜んでいた。晃一でさえ諦めていたというのに、祐二は加奈子と朋彦がいつか必ず父を訪ねてくると信じていたからだ。

けれど、いざこうして頭を下げてみれば、彼の子どもたちから厳しい謗《そし》りを受けるかもしれないという不安が胸を過ぎり、情けないけれど涙が込み上げてきそうになっていたのだ。

ところが、先に口を開いたのは彼らではなく晃一のほうだった。

「祐二、君は謝らなくていい。謝るのはわたしだ。わたしは自分の意思でここにいる。大切だった家族を捨てて、君と生きる決意をしたことを間違っていたとは思っていないよ」

その言葉に祐二は涙に濡れた顔を上げると、加奈子と朋彦がじっと晃一のことを見つめていた。

「祐二と初めて出会ったのは、友人の書道の展覧会の会場だった……」

唐突に始まった晃一の話に、加奈子と朋彦がハッとしたように息を呑むのがわかった。十数年間、思い至ることもなかった父親の失踪の真相を、ついに聞く日がきたのだとわずかに身構えている。

それを彼らが受け入れることができるかどうかはわからない。けれど、これが自分たちの選んだ人生だ。許されないとしても、祐二はせめて彼らの心の痛みがいくらかでも和らぐのなら、何度でもこの頭を畳に擦りつける覚悟だった。

晃一と祐二が二人して自分たちがともに過ごしてきた十数年を語り終えたあと、しばらくの間部屋は沈黙に包まれた。そして、晃一があらためて自分の子どもたちに向かって頭を下げる。

「妻や子どもにかけた迷惑を思えば夫として、父として、本当に申し訳なかったと詫びるしかない。でも、これがわたしの選んだ生き方だった」

　自分の子どもに頭を下げるというのは、どんな気持ちがするものなのだろう。だが、加奈子からも朋彦からも晃一を責める言葉は出てこなかった。そればかりか、座卓の上に手をついて頭を垂れる晃一に向かって、加奈子が言った。

「父さん、頭を上げて。わたしたちは二人を非難するためにきたわけじゃないわ。自分たちの人生にけじめを着けるために、どうしても父さんに会わなければいけないと思ったの。だって、わたしたちは母さんの子どもというだけじゃない。父さんの子どもでもあるんだから、二人の生き方を見て、自分の生き方を決めようと思った。つまりは、そういうことなの」

　加奈子は、晃一の失踪後の母親の様子についてはあまり多くを語らなかった。それは、おそらく晃一と祐二を戸惑わせたくないと配慮してくれたからだろう。そして、姉の隣で頷いていた朋彦もまた穏やかな表情で言う。

「僕も会えてよかったと思ってるよ。姉さんと一緒で、いろいろあったけれど、今はやっとここにたどり着いてすごくホッとしている」

　そう言った朋彦に、晃一は一度席を外すとすぐに一冊の帳面を持って戻ってきた。それは息子が世界のトップアスリートとともに活躍している記事を集めたもので、晃一の宝物だ。

それを見せたとき、朋彦は驚きながらもとても嬉しそうにしていた。祐二は実の父を早くに亡くし、義父とは折り合いが悪かったので経験はないが、息子というのは父親に認めてもらうのが何より嬉しいと聞く。朋彦も晃一が自分の活躍を影ながら見守っていたことを知り、きっと誇らしい気持ちでいるのだと思った。

「おまえが膝を怪我して陸上を断念せざるを得なくなったことは、当時のわたしにとっても大きな気がかりだった。できれば、自分の失踪で傷つけたくはなかった。どうか立ち直ってくれと祈り続ける毎日だったよ。だから、アスレチックトレーナーとして活躍していると知ったときは、どんなに嬉しかったことか……」

あの当時、晃一は息子をうまく慰め、励ましてやることのできない己の不器用さに悩んでいた。が、それは息子のほうも同じだったようだ。気遣ってくれているのはわかっていても、うまく応えることができない。そんな自分に苛立ち、歯がゆい思いをしていたという。

そして、そんな苛立ちの原因は怪我だけではなく、もう一つ当時の朋彦を悩ませているものがあったのだ。

「で、朋彦も結婚はしていないのか？」

晃一の何気ない問いかけに、朋彦は笑顔で言った。

「母さんには申し訳ないと思っているけど結婚はしていないし、これからもしない。でも、好きな人はいるんだ。彼とはできればずっと一緒に生きていきたいと思っているよ」

朋彦が「彼」と言ったのを聞いて、一瞬晃一が目を見開き、祐二も小さく息を呑んだ。つまり、それが朋彦のもう一つの大きな問題だったのだ。

朋彦は自分の性癖には高校の頃から気づいていたものの、誰にも打ち明ける気はなかったと言う。ただ、怪我でアスリートの道を絶たれたときは、気持ちが荒れて節操のない恋愛関係に溺れたこともあると告白した。

「お、おまえは、そうなのか？　いや、『おまえも』というべきなのかな」

少し戸惑う父の言葉に朋彦が笑う。その場にたった一人の女性である加奈子は、ちょっと気まずそうに視線を逸らしている。無理もないだろう。

「父さんはそうじゃなかったと思うけど、僕は女性とは無理だから。間違いなくそうだね」

だからこそ、晃一の失踪で朋彦は新たな苦悩を背負うこととなった。夫が男と駆け落ちしたあげく、息子までがゲイだと告げるのは、あまりにも母親が気の毒だと思い悩んできたのだ。

「そ、そうか……」

複雑な思いが晃一の中に去来しているのだろう。もはや詫びの言葉も見つからないという面持ちだった。けれど、そんな晃一に向かって朋彦が言う。

「僕たち家族は父さんの失踪を全員で受けとめたように、今度は自分たちの問題も父さんに理解してほしいと思っているんだ。家族だからこそわかり合えると思うし、認め合えると信じているから」

成長した息子の頼もしい言葉に晃一は目頭を熱くしたのか、俯いたまま何度も頷いている。祐二もまた彼の隣に寄り添い頷いていたのは、長年一緒に暮らしているうちに彼の癖がうつってしまったからだ。

それから、晃一と子どもたちは東京の家のことや、近頃の母親の様子など時間の許すかぎり話していた。祐二は何度かお茶を淹れに席を立ち、ずっと三人の話を聞いていた。

すっかり日が落ちても、まだまだ話し足りないだろうと思ったから、今夜はぜひ泊まっていってほしいと二人に言った。が、加奈子も朋彦も明日は仕事だからと帰る支度をしはじめる。そのとき、朋彦が思い出したように手にしていた紙袋を差し出した。

「せっかく持ってきたのに、忘れるところだった」

座卓の上に置かれた袋を受け取り、晃一が中の箱を取り出した。

「あっ、これって、晃一さんの好きなお酒だ」

祐二が先に声を上げる。二人が久しぶりに会う父のために持ってきた土産は、グレンフィディックの十八年ものだった。

「姉さんと二人で選んだんだ。今も好きだったらいいんだけど」

朋彦が言うと、晃一はそれを手に取ってラベルを眺め呟いた。

「一番好きなスコッチだ。ありがとう……」

抱き合うこともなく、握手もせずに晃一は子どもたちを家の前で見送る。

「会いたくなったら、また訪ねてきていいかしら？」

加奈子の問いかけに、晃一は嬉しそうに頷いてみせる。

「ああ、いつでもおいで。朋彦も、待っているから」

晃一の言葉を胸に二人は東京へと戻っていく。最寄り駅までは祐二が軽自動車で送っていった。

田舎での生活にはどうしても必要だと思って、数年前に運転免許を取り、最近になってようやく中古の車を買ったところなのだ。

「ボロくて、ちょっとみっともないんだけど……」

祐二が本当に恥ずかしそうに言うと、加奈子と朋彦は口々にそんなことはないと必死で慰めようとするのがおかしかった。やっぱり、晃一の子どもだけあって、二人とも優しいいい人たちだ。

　駅で二人を見送った祐二は、必ずまたきてほしいと言った。そうすれば、きっと晃一が喜ぶと思ったから。祐二のことをまるで身内のように温かい目で見ていた二人が頷くと、加奈子は長女としての責任からか神妙な顔で言う。

「父のこと、どうかよろしくお願いします」

　年老いていく父親を案じているのだとわかる。朋彦も加奈子の隣でじっと祐二を見つめていた。

「許してもらえるなら、俺は晃一さんとこれからもずっと一緒に生きていくつもりです。そのことに何も迷いはないから……」

　本来なら許されるわけもなく、迷い続けてきた恋だった。けれど、二人で生きると決めた瞬間からはいっさいの迷いがなくなった。一緒に東京を旅立った日から、寄り添う晃一と祐二の気持ちが揺らいだ日は一日たりともない。それは、祐二だけの思いではなく、晃一もそう思ってくれていることは、この肌身を通してちゃんと知っていた。

　軽自動車を運転しながら晃一の待つ家へと戻る途中、祐二はなんて幸せな人生なんだろうと思った。あれほど探し求めたたった一人の人に出会い、自分の居場所も見つけた。

　こんなときになって、死んでしまおうかと思い歩道橋の上から身を乗り出したあの夜のことを思い出す。一瞬の判断で死を思いとどまり、今の自分がいる。そう思ったとき、祐二はなんだか自分でもよくわからない感情に突き動かされるように、込み上げてくる涙をこらえ家へと急いだ。

オレンジ色の玄関灯がついたその古い家は、晃一と祐二の家だ。二人で築いてきた幸せがそこにある。

「ただいま」

祐二が声をかけて部屋に上がると、すぐにでも晃一に抱きつきたくて居間に行く。だが、そこには彼の姿はなくて、廊下の向こうの台所に顔を出す。

「ここにいたんだ」

祐二の姿を見て、晃一がにっこりと微笑みながら、手にしていたウィスキーのボトルを棚に置く。きっと夕食の用意をしようと台所に入ったものの、子どもたちの土産のウィスキーが嬉しくて、何度も手に取って眺めていたのだろう。

「そんなに嬉しかったんだ」

祐二は晃一のそばに行くと言った。晃一は黙って頷きながら、またボトルのラベルを指先で撫でている。そんなどうしようもないほど幸せそうな晃一を見ていると、祐二までたまらない気持ちになる。

「今夜、食事のあとに飲む？」

「どうしようかな。もうしばらくこうして眺めているだけでもいいような気がしているよ」

ウィスキーを飲んでしまえば、今日の出来事も夢みたいに消えてしまうかのように晃一が言う。

「俺ね、晃一さんに会えてよかったよ。あなたと一緒にいられて本当によかった。すごく、すごく大好きで、こんな歳になっても胸が痛くなるときがあるよ」

祐二はそう言いながら、晃一の二の腕をつかみ自分の額を擦りつけていた。すると、晃一がそんな祐二の髪をそっと撫でてくれる。

東京にいた頃、一人でいるのが辛くてときどきでもいいから会いたいと言ったことがある。あのときと同じ優しさで、晃一は今も祐二の髪を撫でてくれるのだ。

「それを言うなら、わたしのほうこそこんな歳になってもまだ君が愛しくて、気持ちが高ぶるよ。娘や息子があんなにりっぱに大人になっているのに、父親の自分がこれではいささかみっともないかな」

照れたように言うので、祐二は顔を上げて懸命に首を横に振る。

「そんなことないっ。そんなことないから。だから、これからも俺と一緒にいてね。俺を好きでいてね。ずっとそばにいてね」

甘えるように言うと、祐二は自分の唇を晃一の口元に押しつけた。こんな歳になって、二人して噴き出しそうになるくらい拙いキスだった。

二人の過去も未来も、すべてが一本に繋がったレールの上にあって、この愛を知るためにこの世に生まれてきたと思っている。だから、死ぬまでこの愛を貫き通していけばいい。

その夜、祐二は夢を見た。まだ子どもの自分が父親の死も理解できずに、火葬場《かそうば》の近くの公園でぼんやりと空を眺めている夢だ。煙が立ち上っていく。それが何かもわからずに、祐二は涙を流していた。父親がいなくなったことなど知らず、空の青さを灰色の煙が汚していくのが悲しかったのだ。

でも、次の瞬間には大人になった自分がいて、あの煙が実の父のものだと知って胸を掻《か》き毟《むし》るような思いを味わう。青空を汚していたんじゃない。あの空の向こうへ旅立っていっただけなのだ。なのに、幼い自分にはそれがわからなかった。

(ごめんね、ごめんね……)

夢の中で何度も呟いて、顔も覚えていない実の父親の姿を追った。だが、そこに現れたのはなぜか晃一だった。その顔を見た瞬間、祐二は大きな吐息を漏らして目を覚ました。

明け方の冷たい空気の中で、隣の布団に眠る晃一の体に手を伸ばす。すると、その祐二の手を晃一の手がしっかりとつかんで訊いた。

「目が覚めたのかい？」

「晃一さんも……？」

「ついさっき夢を見てね。でも、不思議なんだ。妻や子どもと一緒に自宅のリビングにいたはずなのに、ふと庭を見て部屋の中に視線を戻したら君しかいなかった」

そう言うと、晃一は祐二の頬に手を伸ばしてきて、そこに実体があるのを確かめるように触れてくる。

「俺も晃一さんの夢を見たよ。でも、夢じゃ心許なくて触りたくなった」

それで目が覚めたというと、晃一は笑って祐二の体を抱き寄せてくれる。

「ここにいるよ。君のそばに、ずっとね……」

祐二はすでに六十を越えた彼の胸に頬を寄せる。いつまでこうして一緒にいられるかわからない。だから、一日一日がとても大切で、祐二は泣きたい気持ちをこらえて言った。

「うん、そうだね。ずっとだよね……」

かぎりある日々だから、互いを思いながら生きていこう。

でも、夜明けまではまだ少しある。二人は身を寄せ合ってまた眠りに落ちる。明日という日もまた二人でいられることの幸せを思い、浅い眠りの中で握り合った手はけっして解けることはなかった

あとがき

出会いが五十歳すぎで、それから十数年……。

ついに、そういう世代を登場させてしまいました。でも、書いてみれば大変新鮮でした。なにしろ、昨今は五十代、六十代といっても若々しくお洒落な方が多いですし、これからはその世代の皆さんにもどんどん活躍していただけるのではないかと思います。

素敵オヤジはそう簡単に引退させるべきではないと確信しているのですが、今回は「逃亡者」に登場した問題の父親の話です。主人公二人にはいろいろと背負っているものがあり、当然ながら心に葛藤を抱えています。書いているわたし自身もどこまで許すべきか、許されるのかという葛藤の中で書き進めていました。

そこで、挫けそうになる自分に掲げた煽り文句が「父には父の恋があった」です。これまで「愛憎」が絡み合う話は少なからず書いた覚えがあるのですが、こういう純粋な「恋」というものを書いたのは初めてかもしれません。

もちろん、彼らの生き方には賛否両論はあるかと思いますが、自分たちの罪を忘れずに生きているので、気持ちのどこかで許してやっていただけたら嬉しく思います。

挿絵は「逃亡者」から引き続き、いさき李果先生に入れていただきました。二作品続けて本当にありがとうございました。心より感謝いたします。

さて、間もなく夏がやってきます。以前はあれほど苦手だった湿度の高い夏が、近頃はなんだかとっても好きになりました。暑さの中でウォーキングと太極拳でしっかり汗をかくのがとても気持ちいいのです。その後、シャワーを浴びて、きりっと冷えたチリ産の白ワインを飲みながら仕事をするという楽しみは夏ならのものです。

ちなみに、今年の夏は友人の誘いにのってホットヨガにもトライしてみるつもりです。飲んだワインは汗で出す。そして、すっきりした体と頭でまた張り切ってお仕事です。

現在、次作のために脳内で悪党を捜索中。久しぶりに「チャーミングなろくでなし」が書きたくて、この夏は汗をかきながらそんな男を自分の中で構築してみようと思っています。それでは、皆様もよい夏をお過ごしください。

二〇十年　五月

水原とほる

引き続き挿絵を描かせて頂きまして
本当に有難うございました。
痛みや辛さを抱えていた二人が
これから幸せでありますように。
ありがとうございました！
いさき李果

KAIOHSHA ガッシュ文庫

迷い恋
（書き下ろし）

迷い恋
2010年7月10日初版第一刷発行

著　者■水原とほる
発行人■角谷　治
発行所■株式会社 海王社
〒102-8405
東京都千代田区一番町29-6
TEL.03(3222)5119(編集部)
TEL.03(3222)3744(出版営業部)
http://www.kaiohsha.com
印　刷■図書印刷株式会社
ISBN978-4-7964-0053-4

水原とほる先生・いさき李果先生へのご感想・ファンレターは
〒102-8405 東京都千代田区一番町29-6
(株)海王社 ガッシュ文庫編集部気付でお送り下さい。

KAIOHSHA ガッシュ文庫

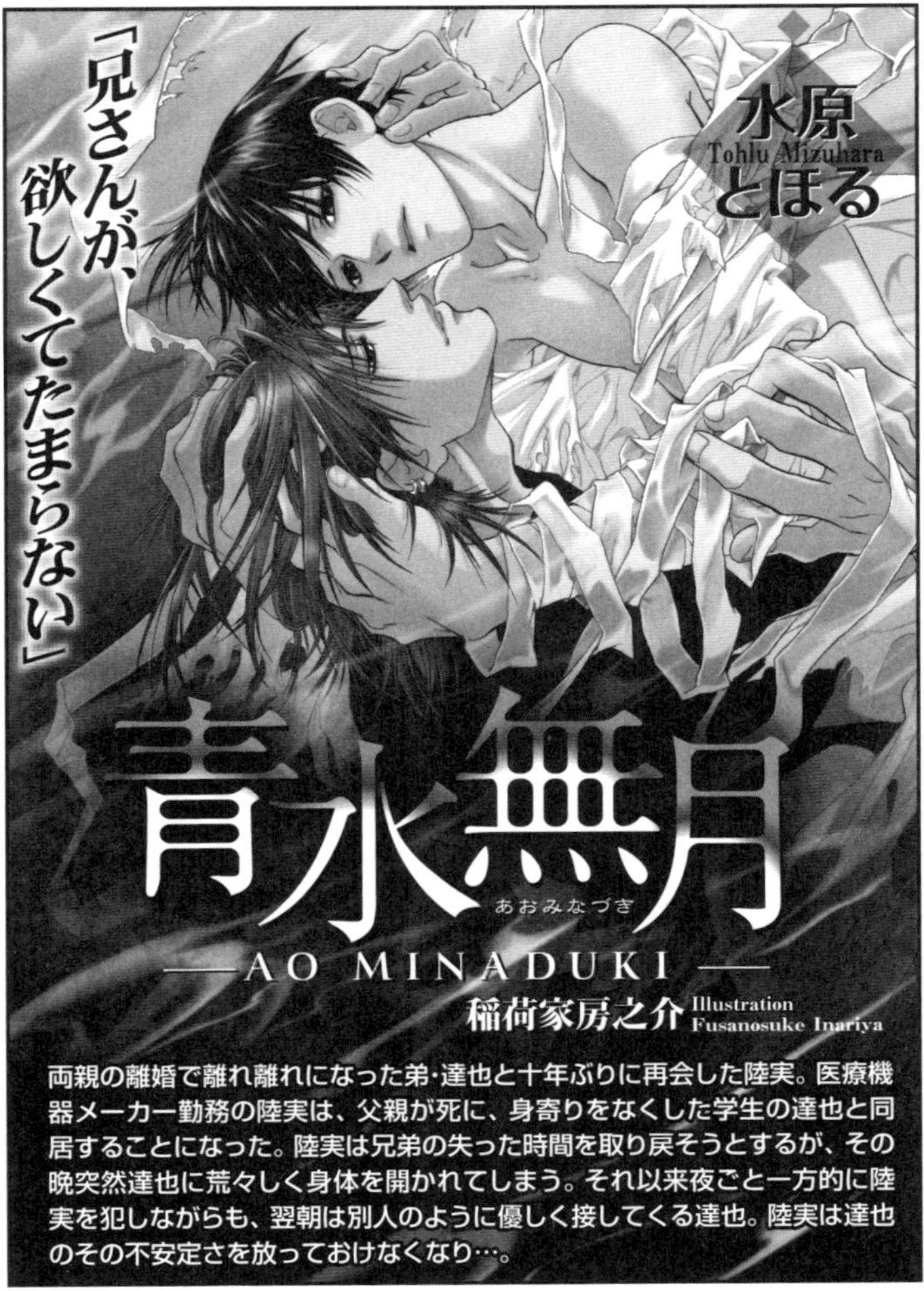

両親の離婚で離れ離れになった弟・達也と十年ぶりに再会した陸実。医療機器メーカー勤務の陸実は、父親が死に、身寄りをなくした学生の達也と同居することになった。陸実は兄弟の失った時間を取り戻そうとするが、その晩突然達也に荒々しく身体を開かれてしまう。それ以来夜ごと一方的に陸実を犯しながらも、翌朝は別人のように優しく接してくる達也。陸実は達也のその不安定さを放っておけなくなり…。

どこまでも。なにがあっても。

吉田珠姫
イラスト／のやま雪

善臣と幸彦は、幸せの真っ只中にいる。結婚式を終え、善臣の家の離れでふたりだけの生活をはじめることに。朝の目覚めから隣に大事な人がいるということに戸惑いつつも、言いようのない幸福に満たされている幸彦は、善臣と一生をともに生きていくことを改めて決意し…。待望の書き下ろし新作！

バカな犬ほど可愛くて

英田サキ
イラスト／麻生海

男との恋愛経験豊富な成瀬は、見目はイイのに恋愛に関してはとことんダメな男の苅谷に片思いをしている。高校以来の付き合いで二歳年下の後輩の苅谷は、隣に引っ越してきてから毎晩夕飯を食べにくる甘えたがりの可愛いワンコ。しかしある日苅谷に、好きな男ができたから男同士のHを教えてくれと迫られて!?

溺れる純愛

杏野朝水
イラスト／紺野けい子

仕事は完璧、愛想は皆無。営業一課でクールビューティの異名を持つ岸原。年に一度、神経を尖らす繁忙期を前にして、同期の都倉が栄転してきた。仕事はできても常に揶揄う口調の彼は、岸原に冷静さを失わせる…いけ好かない男。けれど親睦会で、酔い潰れて記憶を失った岸原はその夜、彼のベッドで目覚めて…!?

ガッシュ文庫

小説原稿募集のおしらせ

ガッシュ文庫では、小説作家を募集しています。
プロ・アマ問わず、やる気のある方のエンターテインメント作品を
お待ちしております！

応募の決まり

[応募資格]

商業誌未発表のオリジナルボーイズラブ作品であれば制限はありません。
他社でデビューしている方でもＯＫです。

[枚数・書式]

40字×30行で30枚以上40枚以内。手書き・感熱紙は不可です。
原稿はすべて縦書きにして下さい。また本文の前に800字以内で、
作品の内容が最後まで分かるあらすじをつけて下さい。

[注意]

・原稿はクリップなどで右上を綴じ、各ページに通し番号を入れて下さい。
また、次の事項を１枚目に明記して下さい。

タイトル、総枚数、投稿日、ペンネーム、本名、住所、電話番号、職業・学校名、年齢、投稿・受賞歴（※商業誌で作品を発表した経験のある方は、その旨を書き添えて下さい）

・他社へ投稿されて、まだ評価の出ていない作品の応募（二重投稿）はお断りします。

・原稿は返却いたしませんので、必要な方はコピーをとって下さい。

・締め切りは特別に定めません。採用の方にのみ、３カ月以内に編集部から連絡を差し上げます。また、有望な方には担当がつき、デビューまでご指導いたします。

・原則として批評文はお送りいたしません。

・選考についての電話でのお問い合わせは受付できませんので、ご遠慮下さい。

※応募された方の個人情報は厳重に管理し、本企画遂行以外の目的に利用することはありません。

宛先

〒102−8405　東京都千代田区一番町29−6
株式会社 海王社　ガッシュ文庫編集部　小説募集係